JN243227

幸せ二世帯
同居計画
~妖精さんのお話~
SHIAWASE
NISETAI
DOUKYO KEIKAKU

五十嵐雄策
イラスト フライ

SHIAWASE
NISETAI
DOUKYO KEIKAKU
幸せ二世帯同居計画 ～妖精さんのお話～
プロローグ

台所に入った途端に、味噌汁の香ばしい匂いが漂ってきた。

「あ、お兄ちゃん、おはよー」

「おう。今朝は和食か？」

「うん。お味噌がたくさん冷蔵庫に入ってたから、少しくらい使ってもだいじょうぶだと思って」

唯一の肉親である五つ年下の妹の小春が屈託なく笑う。

今日のメニューはどうやらアジの干物とワカメと豆腐の味噌汁、箸休めとして梅干の三品のようだ。うーん、朝飯にちゃんとした和食なんてずいぶん久しぶりだ。

「お兄ちゃんはご飯をよそってくれる？」

「おう」

妹から茶碗を受け取り、俺は炊き立てで湯気の上がる白米をかき混ぜる。

「時間は平気か？」

「まだだいじょぶ。お兄ちゃんこそ平気？　遅刻が多いんだから」

イタズラっぽく笑う妹。苦笑する俺。

それはこの世でお互いただ一人の兄妹同士の、どこにでもある和やかな朝の風景だった。

と、それはここまでの話。

その時、がらりと玄関の引き戸が開く音が聞こえた。

「お、お兄ちゃん⁉」

「！」

妹の顔に、緊張がはしる。

「まさか、何でこんな時間に……仕方ない、作戦Bを実行！　急げ！」

「う、うんっ」

小春が素早く台所にある床下収納（いわゆる小型の地下室のようなモノである）の入り口を開けるのを確認して、俺はテーブルの上に載っている朝食を食器ごとあらかじめ用意しておいたビニール袋に投げ入れた。ご飯と味噌汁とが混ざり合いネコマンマになる。うう、もったいないが背に腹は代えられない。

「お兄ちゃん、こっちはおっけーだよ！」

そう早口で言うと、調理に使った鍋などを抱えて小春は床下収納に飛び込む。テーブルの上のモノを全て回収した俺もその後に続きそのままぱたんと入り口を閉める。この間僅か十五秒。練習時よりは二秒ほど遅いがそれでも十分に合格点である。

暗闇に身を潜める俺たちの上にこつこつと足音が迫ってくるのが聞こえた。

「変ね……確かに出かける時に換気扇は切ったと思ったんだけど」

（あ……）

訝しげな女子の声に小春が口元に手を当てる。換気扇は小春の担当だ。

（ご、ごめんなさ……わ、わたし……）

（しっ、大丈夫だから静かに）

何かを考えているのか、俺たちの頭上で女子は沈黙している。大丈夫、この程度ならたぶん怪しまれない……はずだ。

その俺の予想通りすぐに、

「……まあいいわ。きっと勘違いね」

という女子の声がして、パチリと換気扇が切られた。よし。

「それより急がないと……忘れ物なんて、私らしくないわね」

冷蔵庫が開かれる音とそこから何かを取り出す音。やがて女子の足音は遠ざかっていき、玄関の閉まる音が聞こえた。

「ふう……ちょっと危なかったか」

床下から這い出てほっと一息。

「お兄ちゃん……ごめんなさい」

「気にするなって、バレなかったんだから」

「でも……」

「いいから。次から気をつければいいさ。な？」

叱られた仔犬(こいぬ)みたいな表情の妹の頭をぽんぽんと撫(な)でる。まあ次なんてないに越したことはないんだけどね。

まだ目を潤ませている妹ににっこりと笑いかけながら、俺は五日ほど前に見たこの家の玄関にかけられている表札のことを思い返していた。

そこに記されていたのは『成瀬(なるせ)』という文字。

それは俺たち兄妹とは異なる名字である。

SHIAWASE
NISETAI
DOUKYO KEIKAKU
幸せ二世帯同居計画 ～妖精さんのお話～
第一話
『妖精さんのお話』

1

人情紙のごとしとはよく言われるが、この不景気の日本においてそれはもうまさに藁半紙のごとき薄さであった。

早くに両親を事故で亡くし、親戚間をたらい回しにされて生きてきた俺たちはそのことをよーく知っていた。だから高校二年に上がると同時に俺は妹を連れて、五軒目のたらい回され先であった遠縁の親戚の家を出た。両親の僅かな遺産もあったことから二人だけで生きていこうと決めたのだ。だけどようやく手に入れたそんな兄妹二人だけの慎ましくも楽しい生活は、三週間と二日ほどで終わりを告げた。

理由は簡単。住んでいた安アパートが不審火により全焼したのだ。幸いその時に出かけていた俺たちの身に危険はなかったものの、家具だの生活必需品、虎の子の現金などは全て灰となった。当然ながら火災保険などというものには入っていなかった俺たちはもう途方に暮れるしかなく、そのまま必然的に家なき子となった。

なにぶん金がなければ何も出来ない世の中である。親戚のところには死んでも戻りたくなかった俺たちは、デパートの試食コーナーで空腹を満たし、ダンボールをフトン代わりにして公園で寝泊りをするというプライスレスな生活をせざるを得なくなった。

「ま、毎日がキャンプみたいで楽しいね」

妹は健気にもそう笑っていたが、これはもうキャンプ生活というか単なるホームレス生活というやつである。

仮にもお年頃の女の子にそんな生活をさせるのは兄としてどうかと思ったし、何より俺自身もこんな毎日が生きるか死ぬか瀬戸際のサバイバル生活にはピリオドを打ちたかった。

だから俺は考えた。

この状況を打開するためにまず必要なもの。

それは――

「家だよな」

そう、生活の拠点となる家。何を置いてもまずそれが必要だ。バイトをして金を稼ごうにも住所不定ってのは色々マズイ。

だけど現在の所持金は全部で二万八千円。いざという時のために貯金を全て現金にして家に置いておいたのがアダになったカタチである。これでは家どころかビジネスホテルに三日も泊まれば全てなくなってしまう。

俺は悩んだ。何とか金をかけずに家を手に入れられないものか。

だけどそんなウマい話が世の中にそうそう転がっているわけがない。風に吹かれて公園内にカサカサと転がっていたのは最近テレビでよく見る『オベロンハウス』の建て売り住宅の宣伝チラシくらいだ。考えれば考えるほど泥沼で、思考は次第にまともでない非合法な方向へと移行していった。ああ、犯罪者ってこうして生まれるのかぁ……などと他人事のように思ってもみたり。

そんな追い詰められて少しヤバくなった精神状態の俺が犯罪にはしる前に偶然見付けたもの……それがこの家だった。

燃え尽きた安アパートの近所にあった、人の住んでいる気配のない和風建築の二階建て一軒家。

庭に面したどこか懐かしい感じのする縁側を見て、ヤバくなりかけた俺の精神は瞬間的にこう考えていた。「どうせだれも住んでないなら……ちょっとの間、俺たちが借りてもいいよな？　ああ、いいに決まっているさ」

なけなしの理性がそれは住居不法侵入だと訴えていたが、三秒で却下された。うん、限りある資源はみんなで有効利用しないとな。

「お、お兄ちゃん……そ、それ犯罪だよ……」

俺の考えていることを察したのか、小春はふるふるとチワワみたいに震えて首を振った。

「なあ小春……お前だってもうあんな生活はイヤだろう？」

血を分けた妹の両肩をがっしりと掴む。

「周りの人たちの奇異の視線に耐えながら、公園のダンボールで寝泊りするのなんてもうゴメンだろう？　朝、目が覚めたら頭の横でカラスが哀れむような声で鳴いているなんてのはイヤだろう？　そんな絶望的な現状を打開するために、俺たちには家が必要なんだ！」

「そ、それは……そう、だけど」

「俺たちは家が欲しい。そして目の前にはだれも住んでいない家がある。これはもう、俺たちに住めとの天の配剤としか思えない」

「め、目がコワイよ、お兄ちゃん……」

「大丈夫。これは何も悪いことじゃないんだ。ちょっと家主が不在の家を、ちょっと家主に黙示の了解をとって、ちょっとの間借りるだけなんだ。人という字はお互いを支え合って出来ている……相互扶助は人類の共通目標だろう？」

「そ、相互って……わたしたちが一方的に扶助してもらうだけなんじゃ」

「そうとも言う。人という字はお互いに支え合っているように見えて、実は下の線が上の線を支えているだけなんだ。相互扶助なんていうけれど、実際の世の中は助ける側と助けられる側が明確に分けられているのが現状なわけであり、そして今の俺たちの立場はどう考えてみても後者のわけだ」

「さ、さっきと言ってることが……」

「いいんだ。人の主義主張なんてその時に応じて臨機応変に変わっていくもの。それが大人ってものなのさ。まあ、そんなことはこの際どうでもいい。とにかく俺が言いたいのは、助けられる側にいる俺たちにはこの家に住む権利……そう権利があるってことだ！」

いや俺、何言ってんだろうね？　さっきから自分でもよく分かってなかったりする。とにかくこの時頭にあったのは、家に対する強烈な欲望だけだった。

「……」

小春のやつももう何も言わなかった。ただ黙って、疲れたように首を縦に振った。

きっと小春も、口にこそ出さなかったけれど、連日の路上生活に疲れ切っていたんだろう。

こうして俺たちは一時の安住の地を手に入れたのだった。……と思うのは早計であったと、すぐに気付かされることになるのだが。


その翌朝。五日ぶりに畳の上でゆっくりと眠り気持ちの良い朝を迎えることが出来た俺は、昨日はよく見ることが出来なかったこの家の構造を見て回ろうとして……とんでもないモノを発見してしまうことになった。

「！」

人がいた。

とっさに物陰に隠れたため見付からなかったようだが、そこには俺と同じくらいの歳の女子がテーブルで一人黙々と朝食を食べていた。

焼き立てのトーストとスクランブルエッグ。付け合わせにコーンスープまである。ああ、美味しそうだな、俺も動けなくなるぐらい腹いっぱいフレンチトーストが食べたいな……なんて考えている場合じゃない！　つーか、ここは空き家じゃなかったのか⁉

とりあえず物音を立てないようにダッシュで二階へと戻り、俺はまだ寝ている小春を叩き起こした。

「うにゅ……お兄ちゃん、おはよ」

「いいから、隠れるぞ！」

「ほへ……？」

寝起きでぼーっとしている妹と荷物を抱え上げ、俺は手近にあった押し入れの中に滑り込んだ。

「ど、どうしたのお兄ちゃん⁉　だ、だめだよ、わたしたちいちおう兄妹なんだから！」

何かを大きくカンチガイしている思春期真っ只中のマイシスター。

「しっ、とにかく静かにしろ！」

小春の口を押さえるのとほぼ同時に、今まで俺たちがいた部屋のフスマが開く音がした。

（お兄ちゃん？）

（しっ、いいから！）

続いてぱさりという衣ずれの音。何をやってるんだ？　興味本意で押し入れの隙間からそっと覗いてみると……例の少女が着替えをしている真っ最中だった。

（お）

（み、見ちゃだめっ！）

（ぐ、ぐあっ！）

動転した妹が放った目潰しがまともに入る。

（目、目が、目が……！）

飛行石の閃光で目をやられたどこかの大佐のように俺が声も出せずに悶絶していると、その間に着替えは終わってしまった。ち、残念……と、小春のやつのメドゥサみたいな視線が怖いからこの思考はここまでにしておこう。

改めてフスマの隙間から少女を見る。

少女が着ているのは学校の制服のようで、それにはどこか見覚えが……って、これ俺の学校の制服じゃん。

まさかと思い少女の顔を見上げる。さっきは慌てていて気付かなかったが、あろうことかそれは知っている顔だった。

確か……成瀬莉緒。

知っているどころかいちおうクラスメイトである。もっとも彼女はクラスの中では少し特異

な存在で、俺もほとんど話したことはない。しかしここは彼女の家だったのか。

制服に着替えた莉緒はそれからすぐに部屋を出て行った。玄関の鍵が閉まる音を確認して、俺たちはのそのそと押し入れから出た。

「ここ……人が住んでたんだね」

出るなり小春がぽつりと言った。

その言葉のウラにあるのは「だったら……わたしたち出て行かなきゃなんないね」である。

「……ひと晩だけでも畳の上で眠れたことを、感謝しないとね」

とは言うものの小春は名残惜しそうな目をしている。

口では大丈夫みたいなことを言っていたが、やっぱりこいつもホームレス生活には疲れていたんだろう。その気持ちは痛いほどよく分かったし、俺としてもせっかく見付けたマイホーム（違）を居住者がいたなんて理由で手離すのは惜しい。

だからこう提案した。

「……なあ、このままここに住んじまうか」

「え？」

小春が目を丸くする。

「お、お兄ちゃん何言って——はっ、ま、まさかあの人を亡き者にして、そのままこの家を乗っ取る気じゃ……あわわ」

「違うよ！」

それじゃあ完全な犯罪者である。

どうやら過酷なホームレス生活は純真な妹の心に深い傷を負わせていたようだった。

「そうじゃなくてだな……」

事情はよく分からないが、見たところこの家に住んでいるのは莉緒一人のようだ。家具の配置や人の気配で何となく分かる。だがこの家は彼女が一人で住むのには広すぎる。一人で全てに目が届くハズがない。これは言い換えれば、ここにあと二人くらいの人間がこっそり住み着いてもバレないということではないだろうか。

「お、お兄ちゃん、それ本気で言ってるの？」

昨日に引き続いて小春は地球外生命体でも見るかのような目で俺を見ていたが、俺はいたって本気だった。

「おう、名案だろ？　名付けて『幸せ二世帯同居計画』だ」

まあ幸せなのはどう考えても俺たちだけで莉緒に利益があるとはとても思えない。すばらしいばかりの『迷』案である。

「………」

小春は「もうなるようになれ」って顔をしていた。

かくして成瀬家は、家主不知のまま秘密裏に二世帯住宅となったのだった。

2

この家にこっそりと住むことを決意した俺たちが最初にやったことは、莉緒(りお)の一日の大まかな行動パターンを調べることであった。

何だかストーカーみたいだが、彼女が何時に家を出て何時に帰ってくるのかということを調べることは、すなわち俺たちがこの家の中を自由に行動出来る時間を特定することを意味している。ならば俺は甘んじてストーカーとなろう!

などと意気込んではみたものの、調査は土日を挟んで僅か四日で終わった。

莉緒(りお)の行動形態は恐ろしく単調だった。

平日は朝六時に起きて七時には家を出て行く。放課後は大抵どこかでバイトをしており帰宅は早くて十時過ぎ。休日もほとんどバイトで(カレンダーにシフトが記されてあった)、家にいることはめったにないようだ。

俺は簡単なタイムテーブルを作った。

「だいたい、朝の七時半から夜の九時くらいまでは安全圏だな」

まあ、時々今朝のようなイレギュラー(忘れものをした莉緒(りお)が戻ってくる)も発生するようだが。

次に俺たちは、生活の拠点となる部屋を決めることにした。

この家には一階に四つ、二階に三つ部屋がある。初日に俺たちが寝泊りをした部屋は衣装部屋であったらしい。よく見るとタンスの中には莉緒のものらしい服が結構たくさんあった。衣装部屋の隣は物置になっており、さらにその隣にはほとんど使われていない和室があった。どの部屋も、一人暮らしの割には何だかやけに生活の痕跡が感じられた気がしたけれど、きっと古い家っていうのはそういうものなんだろう。

少し考えて、拠点は物置の隣の和室にすることにした。理由としては主に二つ。一つはその部屋には押し入れがあり、そこから天井裏に上ることが出来たので、いざという時に隠れ場所に困らないから。もう一つは、理由は分からないが、莉緒は着替えをする時を除いてほとんど二階に上ってくることはないようなので、発見される危険性が少ないからである。

「わー、わたしたちの部屋だ♪」

小春はそう言って喜んでいた。

最初ここにこっそりと住み着くことを提案した時には泣きそうな顔をしていたのに……案外こいつは環境適応能力が高いのかもしれん。

タイムテーブルを作り生活の拠点を確保した俺たちが最後にやったことは、莉緒に発見された時にいかに対処するかの作戦を練っておくことであった。何せ俺たちは立場が立場である。

やっていることは外見だけからすれば都市伝説に出て来るベッドの下のサイコパスと大差はない。見付かったら確実に警察に通報されるのは目に見えている。俺たちは家の構造を徹底的に見て回り、イザという時に隠れられそうなスペースをいくつか見付け出しておいた。台所にある床下収納などもその一つである。備えあれば憂いなし。

ともあれ、これで準備は全て整った。後は実際に生活をしてみることで経験を積み重ねて慣れていくしかあるまい。習うより慣れよ、だ。

この日をもって、俺たちの『幸せ二世帯同居計画』は始動することとなったのだった。

さて、家主である成瀬莉緒(なるせりお)であるがやはり彼女は少し変わっていた。

まあいくら広いからといって自宅に他人が二人も住んでいるのを全く気付かない時点で普通ではないのだが、それを置いても彼女には特筆すべき点が三つ程ある。参考までにここに列挙しておこう。

その一。まず彼女は、クラスのだれとも喋(しゃべ)ろうとしない。

それは何も彼女がいじめられているとかそういうわけではなく、むしろ逆(?)なのである。

周りの人間を拒絶するようなオーラを発しているというか何というか、とにかく教室にいる時はいつも一人で本を読んでいて、産卵期のカラス以上に近寄りがたい。新学期が始まったばかりの頃はそれでも話し掛けようとするフレンドリーな女子や下心いっぱいの男子がいたりしたのだが、そいつらは全て陶芸家に叩き割られる失敗作のごとく粉々に玉砕していた。

そりゃそうだよね。何を話し掛けても「知らない」「私には関係ない」「どうでもいい」「それ以外に用がないならもうあっちに行って」くらいしか返ってこなけりゃ、円滑なコミュニケーションなんて成り立つわけもない。まだ火星人でも相手にしていた方がマシかもしれん。ちなみに俺も一年くらい前に一度だけ彼女と話したことがあった。その時も変わり者だとは思ったけど、ここまでコミュニケーション不全の人だとは全く思わなかったんだけどな……

その二。時代劇がやたらと好きらしい。

あまり家にいることは多くないんだが、いる時間のそのほとんどをテレビの時代劇を見て過ごしている。水戸黄門から暴れん坊将軍（彗星回が好きらしい）、大河ドラマ。それだけでは飽きたらず近所のレンタルショップからＤＶＤまで借りてくるほどだ。この歳にしては、けっこう珍しい趣味だと思うんだよな。

その三。彼女はなぜかやたらと朝早くに家を出る。

この家からならば八時過ぎに出れば余裕で朝のホームルームに間に合うのだが、莉緒はいつも七時には出かけていく。そのおかげで俺たちは余裕をもって朝食を摂ることが出来るのでラッキーではある。しかし彼女は始業までのおよそ一時間、何をして過ごしているんだろう。まあそのささやかな疑問の答えは、いずれ彼女自身により俺に伝えられることになったのだが。

と、そんな感じに始まった（一方的な）同居生活だったが、とりあえずのところは大きな問題もなくうまくいっていた。

基本的な居住スペースは二階の和室。夜の間はそこの押し入れの中で過ごし、莉緒が家を出るのを見計らってから一階に下りていき、食事をする。食事と後片付けを終えた後は、それぞれ小学校と高校へと向かう。学校が終わってからは、莉緒が戻ってくる前に小春は普通に玄関から中に入り（合い鍵が玄関のハエトリグサの植木鉢の下に隠してあることは早い段階から確認していた）、俺はバイトで遅くなることがあるためそれは難しいこともあったが、その時は小春に協力してもらい裏口のドアから入ることでうまくいっていた。

幸いなことに、俺たちの同居がばれるようなことはなかった。

前述した通り、莉緒の生活時間はこの上なく分かりやすかったし、俺たちも見つからないように細心の注意を払っていた。食事をする時は押し入れの中で食べたし、寝る場所も押し入れの中。トイレや風呂はなるべく彼女のいない時に済ませるようにしていた。おかげでほとんどニアミスもなしに日々の生活を送ることができていた。普段の生活をしていて、時折だれかが床を踏みしめるような音がしてビクリとすることもあったが、古い家だけあって家鳴りも頻繁なんだろう。すぐに気にしなくなった。

そんな風に、特に大きな事件も起きないまま一週間が過ぎた。

事態が動いたのは、八日目のことだった。

3

始まりは、俺のやってしまったちょっとした失敗だった。

その日俺は眠れなくて、夜中に一人コーヒーを飲むために台所へと来ていた。莉緒(りお)がいる時間帯にこんなことをするのは多少危険であったが、今まで彼女が夜中に部屋から出て来たことは一度もなかったし、いざとなれば床下にでも隠れればいい話である。それに俺はどうしても今すぐにコーヒーが飲みたかったのだ。夜中に突然ラーメンが食べたくなって何かに突き動かされるように深夜営業の店に駆け込んでしまうあの感覚である。

（コーヒー、コーヒー、と）

手早く準備を済ます。慣れている作業なので大して時間はかからない。あっという間に俺の目の前には淹(い)れ立てのコーヒーがあった。ああ、いい香りだ。ところがさあ飲もうとカップに口を近づけたところで——

ギシリ。

台所の入り口の方から足音がした。

「!!」

やばい！　瞬間的にそう判断した俺は、湯沸しに使ったポットをガス台から三秒で回収して床下に滑り込んだ。よし、ほとんど音は立てなかったはずだ。暗闇の中でほっと一息吐こうとして、俺は一つのことに気付いた。

……って、コーヒー出しっぱなしじゃん！

頭隠して尻隠さずとはまさにこのことか。だが気付いた時にはもう遅い。頭上から莉緒の声が聞こえた。

「？　何で……こんなものが？」

明らかに訝しんでいる。そりゃ当然だ。何のためかは知らんが夜中に起きてきたら突然台所に淹れ立てのコーヒーが出現していたのだから。

「私じゃない……そもそも私はコーヒーなんて飲まないし。ということは、まさか！」

――ああ。

終わったと思った。

さすがにこの状況ではいくら鈍い莉緒でも自宅に潜む不審者の存在に気付くだろう。頭に浮かんだのは手錠をかけられてパトカーに乗せられる俺たちの姿。ごめんな小春、バカなお兄ちゃんが夜中にコーヒーが飲みたいなんて思わなければ……

天の裁きを待つ咎人のような心境で、俺は莉緒の結論を待つ。

だけどその次に彼女が発した言葉は、あらゆる意味で俺の想像を絶するものであった。

「まさか……まさか、〝妖精さん〟⁉　〝妖精さん〟が私のために淹れてくれたの？」

床下で、俺はハデにずっこけた。

い、今何て言った？　妖精さん？　言うに事欠いて妖精さんって……。こ、この子、一体どういう思考回路をしてるんだ……？

しかし俺のそんな内心の突っ込みなどお構いなしに、莉緒はテーブルの上にあったコーヒーを何の疑いもなく飲み干したようだった。ああ、俺のコーヒー……

「ありがとう、〝妖精さん〟」

そう言って、莉緒はその後すぐに部屋に戻っていった。

用心のため三十分ほど経ってから床下を出た俺がテーブルの上を確認すると、コーヒーカップはやはり空になっていた。落胆とともに、もう一杯淹れようかそれとも今日はもう諦めて大人しく寝ようかと考えていると……俺はテーブルの上に一枚の白いメモ用紙が置いてあるのに気付いた。そこにはキレイな字で「ごちそうさま」と書かれていた。

「……」

うーん、まさか莉緒は本当にこのコーヒーを淹れてくれたのが妖精さんだと思っているのだろうか。普段はそんな夢見がちというかヘタすれば電波な人には見えなかったのだが……と、そこで俺はあることを思いついた。

それはほんのちょっとしたイタズラ心から生じたものだったのだが……誘惑に耐え切れず俺はついつい実行に移してしまった。

そう、思えばこれが全ての始まりだったのだ。

メモ用紙を裏返す。俺はそこに小さく「どういたしまして」と書き込んだ。


その日から、莉緒と俺のちょっとしたコミュニケーションが始まった。

最初はほんの一言二言の書置きからだった。

内容も「いってきます」とか「おやすみ」とかそんな他愛のないものにメールの定型文のようなものを返すだけだったのだが、日が経つにつれて次第に莉緒は自分の感情や日々のちょっとした出来事を書くようになった。

『今日は学校に行く途中で向日葵を見た。とってもキレイだったので思わず足を止めて見入ってしまい、エサやりの時間に遅れそうになっちゃった』なんて彼女に似つかわしくないかわいらしいのもあったし、『明日から期末試験。英語をあんまり勉強してない。どうしよ』とあった日にはこっそりと夜中に部屋の前にコーヒーを置いたりもした。翌日、空になったカップとともに『ありがとう。〝妖精さん〟の淹れてくれたコーヒーのおかげで今日の英語はがんばれそう』との返事が台所のテーブルの上に置かれていた。ちなみに試験の結果はというと莉緒はクラストップの点数だった。同じコーヒーを飲んだ俺は三十二点という赤点ギリギリの成績だったことから、〝妖精さん〟のコーヒーには大した霊験はないということだろう。

　またあの日以来、毎週水曜日はちょっとしたお茶会の日となった。

だいたい日付が変わろうとするくらいの時間。俺は莉緒のためにコーヒーを一杯淹れ、床下で自分の分のコーヒーを飲みながら彼女の話を聞く。いつもは文字だけのやり取りなのだが、この時だけは莉緒は声に出して色々なことを喋った。どこかでかわいい〝妖精さん〟（実際のところは床下に隠れているむさ苦しいクラスメイトなのだが）が聞いてくれていると信じているのだろう。

　莉緒はよく喋った。

　クラスではまるで一言喋るごとに百日寿命が減っていくかのような態度のキャラと同一人物にはとても思えなかったが、何度かお茶会を繰り返す内に、何となくこっちが本当の莉緒なんじゃないかと感じるようになった。明るくよく喋り、楽しげな笑顔を浮かべる莉緒。いやほんとに何となくなのだが。

　しかし学校での莉緒は相変わらずだった。

　話しかけられてもにこりともせずに必要最小限の受け答えしかしない。もうすっかり腫れ物扱いである。一部の女子はそんな莉緒の態度に反感を抱いているらしかったが、それもまあ仕方ないかとも思う。とはいえさすがに放課後にこっそりと莉緒の教科書をどこかに隠そうとしていたのを見付けた時にはやめさせた。そういう陰険なやり方は好きじゃない、文句があるなら直接本人に言ってやればいいだろ。そう言うとその女子たちは蜘蛛の子を散らすように逃げていった。やれやれ。まあこんなことはある意味よくあることなので、その事件自体はすぐに俺の頭から消えてなくなった。

問題は、後日その話をどこからか聞きつけた莉緒本人が俺に向かって言った言葉の方だった。

「別に助けてくれって頼んだわけじゃない。だから、余計なことしないで」

朝のホームルームが終わるとともに俺の席までやって来てそんなことをのたまった莉緒に、さすがの俺もちょっとムッとした。そりゃあ確かに余計なことかもしれんが、そんなことをわざわざ言うためだけに、日頃コミュニケーションを断絶しているクラスメイトのところにやって来ることもないんじゃないか？

俺の憮然とした表情に気付いたのか、莉緒はそれだけ言うとすぐに踵を返した。

去り際に、

「そんなことしても……何もあなたの得にならないじゃない」

とぼそりとつぶやいた。その後ろ姿を俺は何だか釈然としない気分で見送った。

だけどその言葉の裏で、彼女は彼女なりに悩んでいたことをすぐに知ることになる。

　その日のお茶会には出ようか迷ったが、結局出ることにした。

　この家で俺はあくまで「妖精さん」なのである。だから「成瀬莉緒のクラスメイト」としての感情を持ち込むべきではない。タダ住まいさせてもらっている身分としては、それが最低限の礼儀だろう。

　とまあ少し複雑な気分で臨んだお茶会であったが、莉緒の気持ちはもっと複雑なようであった。

「何で……私はこうなんだろ」

　その一言から始まった。

「本当は嬉しかった……余計なことだなんて、思ってなかったのに」

　それが俺との朝の一件を言っているのだということはすぐに分かった。

「あんなこと言うつもりじゃなかった。ありがとう、って言うつもりだった。でも……言おうとしたら、あの時のあのコの言葉が頭に浮かんだ。また言われるのが怖かった。『お前に恩を売っておけば俺の得になるからな』。そんな風に言われるのが怖かった。だから言えなかった……傷つけられるのが怖くて、傷つけられる前に傷つけた。私は……最低だ」

　莉緒は泣いているようだった。

　あの時の言葉がうんぬんについて、昨今の世界情勢くらいにさっぱり分からなかったが、莉緒が朝の言動について後悔していることだけは分かった。それだけはひしひしと伝わってきた。きっと彼女も彼女なりに色々あるのだろう。

にしても『得』、か……

莉緒はなぜかその言葉にやけにこだわっている。朝にもそんなことを言っていたし、今も言っていた。何かあるのだろうか。

ん、そういえばあの時も言ってたっけか……

暗闇の中で回想する。あれは一年前、俺が初めて莉緒と話した時のことだ。もっとも、本当に一言二言話しただけなので向こうは覚えていないかもしれんが。

その日俺はクラスの友達にどうしてもと頼まれて、そいつが返却するはずだった本を持って放課後の図書室へと向かっていた。ちなみに本のタイトルは『女体の神秘』。ったく、中学生じゃあるまいしこんなもん借りんなっつーの。おまけにそいつの用事というのが彼女とのデートだというから余計に腹立たしい。いっそその彼女の前でこのタイトルを連呼してやろうかとも思ったが、あまりにも空しいのでやめた。

とにかく、さっさとこんなモンは返してしまおう。そう思いカウンターに向かったものの、運の悪いことにあいにくそこには女子の図書委員しかいなかった。うう、最悪だ。俺は本屋で女性店員を相手にエロ本を買う時のようないたたまれない気分になり、心の中で「コレは俺が借りたんじゃないんです。ほら貸し出しカードにある名前と俺の学生証の名前は違うでしょう……！」などと必死に無意味な言い訳をしながらも何とか手続きを終えると、その女子図書委員はまるで変質者でも眺めるような目付きでこう言った。

「すみませんが、その本はご自分で元の場所に戻してもらえますか？　私には『そんな』類の本がどこに置いてあるのか分かりませんので」

俺だって分かるか！　とは思いつつも口には出せずに愛想笑い（あいそわら）いをしてうなずく俺。うう……情けない。

仕方なくやたらと分厚い『女体の神秘』を手に図書室内をうろつくこと十分。ようやくそれの還（かえ）るべき場所を見付けた俺は、ムリヤリ押し付けられた呪いの書を突っ返す気分で『女体の神秘』を本棚に収めた。さよなら、もう二度とお目にかかることもなかろう。

さて用事を済ませた以上はこんなところに長居は無用だ。そう思い出口に向かい歩き始めた時、ふとその姿が目に留まった。

本棚に向かって必死に背伸びをしている女子生徒の姿。

一番上の棚にある本が取りたくて、あと少し届かないようだ。台か何かでも持ってくればいいのになあと思いつつも、何となくそのまま素通りするのも気が引けたため、俺は後ろからその女子に近づくとその本を取ってやった。

「あ……」

驚いた顔で女子がこっちを見る。

その時初めてそいつの整った顔が視界に入ってきて、俺はそいつが何者かを認識した。……確か、三組の成瀬莉緒だ。美人のクセにだれとも喋ろうとしない女、と有名だったためクラスが違う俺でも知っていた。

「本……これで良かったんだろ？」

改めて莉緒の顔を見て、ああやっぱり騒がれるだけあってかわいいなあと、多少気後れを感じながらも手にした本を渡そうとすると、彼女は爆弾でも手渡されたみたいに目を丸くした。

「あれ、もしかしてこれじゃなかったか？」

「……ううん、これであってる」

彼女は本を胸に抱きしめてうなずいた。

そんな少し照れたような仕草もやはりかわいい。もう少し何かを話してみてお知り合いになりたい欲求に駆られたが、さすがに本を取ってやっただけでそれは図々しいか。

「そっか、んじゃな」

そう言って立ち去ろうとした俺を、しかし意外なことに呼び止めたのは彼女の方だった。

「ちょっと、待って」

「え？」

もっとも次に発せられた言葉もかなり意外、というかよく分からないものであったが。

「ねえ……あなたはどうして本を取ってくれたの？　そんなことをして何かあなたの得になるの？」

「へ？」

何言い出すんだこいつは？

「だって人間関係なんて……それがどんなに些細なものでも結局損得でしょう？　あなたはその行為が何か自分の得になるかと思ったからやった。違うの？」

真剣な表情で迫って来る莉緒。

う～ん、どうにもこの子、ウワサ通りの喋らない無愛想な人物とは思えなかったが、それでも変わり者であることには違いないようだ。つーか少し歪んでる？　まあ言っていることは分からないでもないんだが……

「別に、そんなんじゃないって。ただたまたまあんたが困ってるのが見えて大変だと思ったからやってやっただけだ。損とか得とか、んなことは全く考えてなかった」

「ウソ」

「ウソじゃない。あんたみたいに人間関係を損得で考える気持ちは分からないこともないけど、そればっかり考えていると世の中辛いんじゃないのか」

「……そんなこと、ない」

彼女が、急に泣き出しそうな顔になって唇を噛んだ。

その姿を見ていると、何だかこっちが彼女をいじめているような居心地の悪い気分になってくる。

「……ま、何をどう考えようとそいつの自由だけどな」

ここらが潮時だと考えた俺は、再び出口へと足を向けた。

今度は莉緒の言葉は追ってこなかった。


とまあ、これだけの話だ。

それ以来莉緒と顔を合わせることはなかったし、ましてや二人で何かを話したりすることもなかった。ただこの時に莉緒が見せた泣き出しそうな表情とその偏った思考だけは、やけに印象に残っていた。

そしてどうやらあれから一年が経った今でも、相変わらず彼女は「損得」という呪いに振り回されているようだった。

その莉緒は、泣き疲れたのか今はテーブルにつっぷしたまま眠っている。俺は彼女を起こさないようにそっとタオルケットをかけてやり、そしてその横に一言だけ書き置きを残した。

『あんまり思いつめて考えていると、辛くなっちゃうよ』と。

一年前の俺の言葉はどうやら彼女には全く届いていなかったようだが、信頼している〝妖精さん〟の言葉ならば別かもしれない。そう考えたから。

……まあ、それもそれでどうかと思うんだけどね。

4

しかしいかな〝妖精さん〟の言葉といえど、そう簡単にこの超合金みたいな頑固者の考えを変えることは出来なかったみたいである。

莉緒(りお)はやっぱり人間関係を「損得」で考えているようだったし、それにどうやら彼女が周りのやつらとのコミュニケーションを拒否する理由もそこにあるらしいということも分かってきた。すなわち損得だけで構成される上辺だけの人間関係などいらない。そう考えているらしい。

とはいえ、彼女自身そんな自分を変えたいと思っているのもまた事実だろう。

そうでなければお茶会であんなことを口にするわけがないのだから。つまるところ、莉緒(りお)自身も悩んでいるのだ。人間関係などしょせん損得である。だけどそうでないものもあると信じたい。でも信じるのは怖い。そんな二律背反した感情に苛(さいな)まれているんだろう。

チラリと教室内の彼女を見る。

莉緒はやっぱり、自分の席で一人窓の外を見つめていた。その周りにはシベリアの永久氷壁のようなオーラが見える。あれじゃあだれも話しかけられないよなあ……

「……ん？」

そこで一つ疑問に思った。

それは根本的な疑問。そういえば何だって莉緒はそんなにまで純粋な人間関係を信じるのが怖いのか。怖いということは一度何かイヤな思いをした経験があると考えるのが妥当だ。

『でも……言おうとしたら、あの時のあのコの言葉が頭に浮かんだ』

お茶会の時に莉緒が言っていた台詞。その中の『あの時のあのコの言葉』というくだり。どうもそのヘンにヒントがありそうだ。彼女は高校入学時からすでに周りと話さない人物として有名だったから、何かがあったとすればおそらく中学かそれ以前だろう。とすれば莉緒と同じ中学出身のやつに訊いてみれば何か分かるか……って、何で俺はこんなに彼女のことを気にかけているのか。彼女の内面を知ってしまった〝妖精さん〟としての責任感か？　いや違う。じゃあタダで家にこっそりと住みついてしまっている負い目からか？　いやそれも違う気がする。あー分からない！

でも何だかイヤだった。本当は普通の女の子であるはずの彼女――それは日々の〝妖精さん〟としてのやり取りでよく分かっていた――が過去の何かに縛られて苦悩しているのを見ていると、何だか胸がもやもやとして落ち着かなくなった。

よし。

決めた。俺は勢いよく立ち上がる。周りにいたクラスメイトが真夏の暑さに耐え切れず突然暴れ出したシロクマでも見るような目でこっちを見ていたが、そんなことはどうでもいい。とにかくやれるだけのことをしよう。理由なんて後で考えればいい。

となれば、まずは情報収集からだ。

莉緒と同じ中学出身のやつは三人いた。

その内二人は男子であまり事情に詳しくないだろうと予想した俺は、まず唯一の同性である四組の橘三咲のもとを訪れた。橘さんは眼鏡をかけた大人しそうなタイプで、莉緒のことについて訊きたいことがあると言うと、自宅で飼っている犬が宇宙人にキャトルミューティレーションされたとの報告を聞かされた時のような怯えた目をした。

「あ、あの……あなたは、莉緒ちゃんの何なんですか？」

とりあえず怪しい者ではないと説明をして彼女を屋上にまで連れ出して、一番初めに訊かれたのはある意味もっとも答えにくい質問であった。うーん、何と答えたものか。彼女の全てを知りたいんだ……これじゃあただの変質者だ。彼女の〝妖精さん〟だ……ウソは吐いていないが黄色い救急車を呼ばれるかもしれん。そんなのどうでもいいからとにかく話せおらぁ！

……逃げるだろうな。

　迷った挙げ句、俺は無難に「彼女のことが気になるんだ」と言った。

「ほら、彼女だれとも喋ろうとしないだろ。それがその……何か寂しそうに見えてさ」

「寂し……そう？」

「ああ、何かほんとは周りのやつと話したいのにムリしてるみたいで」

「莉緒ちゃんのことを……そういう風に評した人は初めてです」

　気のせいか、橘さんの顔から怯えが消えているようだった。

「今までも何人か私に莉緒ちゃんのことを訊きにきた人はいたけど、その人たちはみんな莉緒ちゃんのことを「怖い」とか「何を考えているか分からない」とか、酷いのになると「どうすればあんな性格になるのか興味深い」なんて言っていました。ただ興味本位や悪意から莉緒ちゃんのことを知りたがる人ばっかり……でもあなたは違うみたいですね」

「それは……」

　どうだろうね。俺自身、莉緒のことを知りたがる理由がはっきりしない以上、そうは断言出来ない。

　でも橘さんはふるふると首を振った。

「私は、あなたを信じます。だって……寂しいという表現は、的確に莉緒ちゃんの本質を言い当てていると思いますから。何でも訊いてください。私が知っていることなら全部教えます。

だからその代わりに――」

一瞬だけ、彼女は泣き出す寸前のような辛そうな表情をした。それはあの時の莉緒の表情とちょっとだけだぶって見えた。

「その代わりに……莉緒ちゃんを助けてあげてください」

まあ何というか、橘さんから聞いた話はよくある単純なモノだった。

「莉緒ちゃんは親友に裏切られたんです」

橘さん曰く、莉緒と彼女は中学の時に同じ仲良しグループに所属していた。そのグループの中心は莉緒とその親友（と莉緒は思っていた）であったが、その親友の性格にちと問題があって、良く言えば自ら人の中心に立って行動する、悪く言えば自分が常に皆の中心にいなければ気が済まない女王様のようなタイプであり、自分よりもキレイで周りからも人気がある莉緒のことを常々妬んでいるフシがあったらしい。おっとりとしていた（驚くべきことに中学時代の莉緒は人当たりのいい天然キャラだったという！）莉緒はそのことに全然気付いていなかったとのことだが。

で、そんな女王様的自己顕示欲が強いヤツが目障りな莉緒を排除するために採った手段というのがこれまた単純で、グループのメンバーやクラスメイトに莉緒の悪口をあることないこと吹き込んで孤立させるという分かり易いものだった。

本来ならばその女王様よりも人望があった莉緒にそんな姑息な企みは通用しなかったはずなのだが、結論としては見事にそれは成功したらしい。繰り返される退屈な日常に飽き飽きしていた女子中学生にとって、それはほんのちょっとしたゲーム感覚だったのかもしれない。

ともあれ莉緒のことを本当に慕っていた橘さんなどの数人を除いて、クラスのほとんどはあっという間に――それはもう夏場におけるゴキブリの繁殖のごときスピードで――アンチ莉緒派の集団と化した。ま、中には女王様に睨まれるのが怖くてイヤイヤ従っていたやつもいたんだろうけど。

当の莉緒は当然混乱した。

自分は何も悪いことをした覚えはないのに親友を筆頭にクラスのほとんどが一瞬にして敵となってしまった。ワケが分からなかった莉緒が親友を問い詰めた時に言われた言葉というのが、例の『あの時のあのコの言葉』であるらしかった。

「アンタと付き合ってたのは、それがアタシにとって得だったからよ。アンタ外見だけはいいし、グループにいるとハクがついたから。でももういいの。別にアンタがいなくてもアタシに何の損もないことが分かったから。だから、アンタとはもうバイバイ」

何とまあ、地球は自分のために回っているんだと勘違いしているんじゃないかと思わせるくらい自己中心的な台詞である。言った本人はとりあえず、「アンタはうざいのよ！」的なニュアンスを伝えたかっただけで、別に大した考えもなかったんだろう。だけどこの時の一言は間違いなく莉緒にとって呪いになったようだった。

それから莉緒は一週間学校を休んだ。そして戻ってきた時にはすっかり今の莉緒になっていたという。橘さんたちが何かを話しかけてもまともな答えは返ってこず、「あっちに行って……私と付き合っていても得しないわよ」と突き放したような言葉が返ってくるだけだったらしい。

「私たちは……あの時莉緒ちゃんを助けてあげることが出来なかった」

橘さんは泣きそう——いやもう泣いてるや——な顔で言った。

「本来なら私たちはそもそもそのコをとめるべきだったし、莉緒ちゃんが孤立してからももっと彼女の助けになってあげるべきだった。でも出来なかったんです。そのコに睨まれて自分も孤立させられるのが怖くて出来なかった……。私たちは、莉緒ちゃんを助けてあげることが出来なかったんです」

以上が、おそらく今の莉緒を形作っただろう事件の全てだった。

はっきりいってよくある話である。単純な話である。しかし、単純であるがゆえに当人の心の傷は根深い。シンプル・イズ・ベスト。いやこの場合はワーストか。今の莉緒には口で何を

言っても、それがたとえ〝妖精さん〟の言葉であっても、そんなものはおためごかしにしか聞こえないのだろう。

……難しいなあ。

ようやく莉緒の事情は分かったものの、彼女の心を開くことはこれまた相当に難しいことも分かってしまった。

結局、そのまま莉緒攻略の糸口は見付からないまま一ヶ月が過ぎた。

5

その事件が起きたのは、中間テストを一週間後に控えてどこかクラス全体が浮き足立っていたある暑い日のことだった。

いつもみたいに始業ギリギリの時間に教室に入った俺が見たものは、床にバラバラに散らばったガラス片とほとんど枠だけになった裏庭に面した窓、それを取り囲んでヒソヒソと話をするクラスメイトたちの姿であった。

何となく状況は理解出来た。おそらく朝来たら教室の窓ガラスが割られていたとかそういう話だろう。俺にとっては大して興味もない、端的に言ってしまえば他人が飼っているペットの近況くらいにどうでもいい話だったのだが、クラスメイトたちの言葉に成瀬莉緒という単語が混じっているのが聞こえた瞬間、俺は思わず音を立てて机から立ち上がっていた。周りからは真夏の暑さに耐え切れずに発狂したコウテイペンギンを見るような視線が集中したがそんなことはどうでもいい。

「なあ、何があったんだ？」

クラスメイトの一人に状況を尋ねると、そいつはとんでもないことを言った。

「何かさ、これやったの成瀬らしいぜ。今、教師に呼ばれて職員室で尋問されてるって」

「え？」

俺は耳を疑った。

「それ……ほんとなのか？　ほんとに莉緒……成瀬がやったのか？」

「さあ？　でもあいつならやってもおかしくなさそうじゃん？　いつも何考えてるか分かんねーし。それにあいつが早朝に裏庭のへんで何かやってるのを見たやつがいるんだってさ。部活とかやってないやつがそんなに朝早く来てるのが怪しいってことで、状況証拠？　ってやつなんじゃねーの？」

「……ちっ」

舌打ちとともに俺は駆け出していた。

向かう先は職員室。目的はもちろん莉緒の無実を証明するためだ。これは莉緒がやったことじゃない。他のだれが疑おうとも俺は、〝妖精さん〟である俺だけはそのことを知っている。

莉緒が毎朝あんなに早くに家を出る理由。

あれは俺と莉緒のコミュニケーションが始まってから五日が経ったくらいのことだったか。俺が書いた『どうして莉緒は毎朝そんなに早く家を出るの？』という質問に莉緒はこう返したのだった。『実は学校の使われなくなった体育倉庫でネコの世話をしているの。捨てネコだったんだけど五匹もいるからうちでは飼えなくて……だから誰か飼い主が見付かるまでは私が面倒を見てあげようと思って』

おそらく莉緒はこのことを言おうとしないだろう。莉緒は優しい。って、んなこと真顔で言うのは照れるのだがそれは事実だ。ネコの身に万が一の危険が生じるかもしれないことを考えれば、他人を信じていない莉緒が軽率にそのことを誰かに――それがたとえ教師相手であろうと――喋るとは思えない。それ自体は彼女の優しさの表れであり、好ましいことである。

しかしこのままでは莉緒がガラスを割った犯人にされかねない。退学ということはなくとも態度次第で停学くらいはあり得る。彼女をそんな目に遭わせたくない。だから俺は覚悟を決めた。

と、廊下の角を曲がった時、そこに人影があった。莉緒のことを考えていて完全に前方不注意だった俺はその人影とまともに衝突した。

「きゃ！」

悲鳴とともにふっ飛ぶ人影を何とかダイビングキャッチで保護することには成功したものの、代わりに廊下にしたたかに頭をぶつけてしまった。自業自得とはいえ……痛ぇ。一瞬三途の川が見えたぞ。

「あ、あの……だいじょうぶですか？」

「ああ。悪い、ちょっと急いでて……って、橘さんか？」

「え、瀬尾くん？」

ぶつかった人物は、つい先日知り合ったばかりの女子であった。

彼女は俺の顔を確認すると同時に叫んだ。

「り、莉緒ちゃんがガラスを割って職員室に連れていかれたって話、本当なんですか？」

「……職員室に連れていかれたのは本当らしい。でもガラスを割ったのはあいつじゃない。俺はそのことを説明しようと思って職員室に行く途中だったんだ」

「え、ど、どういうことなんですか？」

ちょっと迷ったが俺はネコの話を橘さんにすることにした。この子ならきっと大丈夫だろう。もちろん〝妖精さん〟うんぬんはうまく誤魔化して、莉緒から直接話を聞いたことにしたが。

「……というわけなんだ」

話を終えると、橘さんは思ってもみなかったことを言った。

「だったら私も行きます。そういう状況なら、味方は一人でも多い方がいいですから」

橘さんのその言葉は実に正確であったと、直後に分かることになる。

職員室では、クラスメイトが言っていた通り尋問の真っ最中だった。

軽くノックをしてドアを開くと、莉緒を取り囲んでいた三人の教師たちは突然の闖入者に真冬にセミでも見付けたような顔をして「今は取り込み中だから出て行きなさい」と促したが、俺と橘さんがネコの事情を説明すると互いに顔を見合わせた。

「それは……本当なのか？」

「はい」

「うーむ。瀬尾はともかく、橘がそう言うなら本当なのだろうなあ」

そんなことを言いくさったのは俺と莉緒の担任である山辺先生（三十八歳♂妻子あり）である。つーかその一言だけでヤツが俺に寄せる信頼の度合いというものがあますことなく窺えるというものだ。こんちくしょう。

一方の莉緒はというと、何が何だか分からないという目で俺たちを見ていた。声にこそ出さないもののその顔は明らかに「何であなたたちがネコのことを知ってるの？」と言っている。

……ま、当然だろうな。突然現れたただのクラスメイトとかつての旧友が、自分しか知らないはずのことを喋りだしたんだから。

「お前たちの言うことは分かった。しかしだとするとあのガラスは誰が……」

と山辺が言いかけた時、職員室のドアが再度開かれ、坊主頭の男子生徒が転がるように飛び込んできた。まだどこか幼さが抜けないその顔からして一年生だろう。彼は世界が終わる寸前みたいな悲愴な表情でいきなり土下座をした。

「すんません！ あのガラス割ったの、オレなんです！」

いきなりの真犯人の登場だった。

「オレ野球部なんですけど、今朝は一人で裏庭で送球の自主練をしてたんす。そしたら手元が狂って……。怖くなってそのまま逃げたんすけど、でもオレの代わりに二年生の、それも女の先輩が疑われてるって聞いて、それで……それで……」

そのまま坊主頭の一年生は泣き出してしまった。教師たちは困ったようにそれを見つめている。そりゃあ高校生にもなった大の男にいきなり本泣きされても困るわな。

「あの、先生」

とりあえず事件は解決したようなので、もう俺たちがここにいる必要はあるまい。声をかけると山辺は思い出したようにこちらを見た。

「あ、ああすまなかったな成瀬。もう行ってくれていい。お前たちも」

気まずそうにそう言って頭を下げる。

「と、そうだ成瀬、そのネコのことだがな」

びくり、と莉緒が肩を震わせた。

「いつまでも体育倉庫に隠しておくわけにもいかんだろう。後で私のところまで連れてきなさい。知り合いでネコを欲しがっている人がいたから、声をかけてみよう」

「は、はい」

莉緒の顔がぱっと輝く。うーん、山辺のやつ、なかなか美味しいところを持っていくなあ。

嬉しそうな顔でぺこりとお辞儀をして職員室を出ようとする莉緒を山辺は再度呼び止めた。

そして俺と橘さんの顔を見ながら言った。

「成瀬……いい友達を持って良かったな。なかなかおらんぞ、叱られている友達を助けるために職員室まで乗り込んできてくれるやつなんて。大事にするんだな」

「え、あ……は、はい」

俺たちの方をちらりと見て、何とも複雑そうな顔で莉緒はそううなずいたのだった。

6

さてこれにて一件落着、というわけには当然いかなかった。

職員室から廊下に出るなり莉緒は言った。

「どうしてあなたたちは私がネコの世話をしていることを知っていたの？　私は誰にも話していないし、誰にも見られていない。それなのに……」

橘さんが首を傾げて俺を見る。

「え、でも瀬尾くん、莉緒ちゃんから聞いたって言ってなかったですか？」

「え、あ、それはその……」

まあこうなることくらいは覚悟していた。

「あのさ橘さん。悪いんだけどちょっと先に戻っていてくれないかな？　少し二人で話したいことがあって……」

俺の表情から何かを察してくれたのか、橘さんは素直にうなずいてくれた。「莉緒ちゃんを、よろしくお願いします」と俺にだけ聞こえるように言ってその場を去っていった。

「…………」

さて。橘さんの姿が廊下の角に消えるのを確認して、俺は莉緒の方に向き直った。ここからが本番だ。莉緒の整った顔をじっと見つめる。その真っ白な肌は、今は興奮のためか僅かに朱に染まっていてちょっとだけ色っぽい。これから行うのが愛の告白ならばこれ以上ないくらいのシチュエーションかもしれんが、あいにく俺がやるのはある意味自らの犯罪告白である。色気も何もありやしない。

「か、簡単に言うぞ」

声が少し上擦っているのが自分でも分かる。うう、手にイヤーな汗が。

「成瀬はネコのことをだれにも言ってないって言ってたけど、それは違うはずだ。一人だけ——いや『人』で表すのはおかしいかもしれんが——それでもいたはずだ、ネコのことを伝えた相手が」

「！」

莉緒の顔色が変わった。

「……そう、〝妖精さん〟だ。最近になってお前の家に出没するようになったそいつに、お前はネコのことを伝えたはずだ」

「……まさか……」

「……そうだよ。〝妖精さん〟の正体は、俺だ」

ああ、とうとう言っちまった。

その一言で全てを理解したのか莉緒はうつむいたままふるふると震えている。次にどんな言葉が返ってくるのか。「この変態！」？「近寄らないでストーカー！」？「警察に訴えるわよ！」？　いずれにせよそれは俺に対する蔑みの言葉のはずだ。

だが莉緒の口から発せられたのは、そのどれでもなかった。

「どうして……私を助けたの？」

「……はい？」

「だってそうでしょう？　あなたは別に見て見ぬフリだって出来た。そうすればあなたはネコのことを口にすることもなかったし、自分が〝妖精さん〟だって私に気付かれることもなかった。それなのに……そんなリスクを冒してまでどうして私を助けたの？　そんなの……何の得にもならないじゃない！」

なるほど。それは確かにその通りだ。でも俺自身、何でそんなことしてまで莉緒を助けたのかよく分からなかったりするんだよ。あえて理由を挙げるとすれば一つだけ——それは今まさに唐突に気付いたことなのだが——思い当たるフシがあるが、その台詞は今の場面には似合わない。

だから俺はこう答えた。

「分かんねーよ。そんなの理屈じゃない。ただ……成瀬は困っていて、俺はその困った状況を解決する方法を知ってた。だから助けただけだ。損得なんか考えてなかったよ。それに——」

「……それに？」

「……〝妖精さん〟は、いつでもお前の、成瀬莉緒の味方なんだよ」

「……」

呆れているのか怒っているのか、莉緒はそれ以上何も口にしなかった。その場から動こうともしなかった。

「おい、教室に戻らないのか？」

「……」

声をかけるが無視されて、仕方なく俺は一人で教室に戻った。教室はまだガラスの一件でざわめいていたけど、俺はもうそれには構わずに机に置いてあったカバンを持ち上げた。

「あれ瀬尾、どこ行くんだよ」

「具合が悪くなったんで早退する。悪いけど山辺にはうまく言っといてくんないか？」

「何だよ、サボリか。まあいいけどな」

気の良いクラスメイトに礼を言って、俺は教室を出た。教師に見付からないようにこっそりと校舎を出て一人ため息を吐く。はー、やっぱりちゃんとした理由を言うべきだったか。でも言えねーよな。「俺、もしかしたらお前のことが好きかもしれない。だから放っておけなかった」なんて。

はーともう一度ため息を吐いて俺は成瀬家へと向かって歩き出した。

莉緒が帰ってくる前に、引っ越しを済ませるために。

7

台所に入った途端に、コーンスープの香ばしい匂いが漂ってきた。

「あ、お兄ちゃん、おはよー」

「おう。今朝は洋風か？」

「うん。コーンスープの素がたくさん戸棚に入ってたから、少しくらい使ってもだいじょぶだと思って」

小春が屈託なく笑う。

今日のメニューはどうやらスクランブルエッグとコーンスープ、こんがり焼けたトーストの三品のようだ。それを見た俺のハラの虫がギュルルルルと派手に鳴る。

「ふふ、お兄ちゃんお皿並べてくれる？」

「……おっけ」

俺が三人分の皿を並べていると、すっとフスマが開く音が聞こえた。

「あ、来たみたいだね」

「今日はちょっと早いな。急げ」

「うんっ」

小春が素早くフライパンからスクランブルエッグを皿に移し替えるのを確認しながら、俺は焼けたトーストを皿に並べ冷蔵庫からジャムとマーガリンを出した。バターナイフを出している時間がないがまあしょうがない。

「お兄ちゃん、こっちはおっけーだよ！」

小春が指でグーサインを作り、隣室へと移動する。

コーヒー用のカップを三つテーブルの上に配置した俺もその後に続きそのままフスマをぱたんと閉める。この間たっぷり二分五秒。なのに家主が一向に姿を現さなかったのは彼女のちょっとした遊び心であろう。

隣室から様子を窺っていると、やがてゆったりとした足音が迫ってきた。

「あれ……ヘンね。朝食の後片付けはやったと思ったのに」

どこか楽しげな少女の声。

「ああ、もしかして〝妖精さん〟がやってくれたのかな。うん、きっとそうね。だったらちゃんと食べないと失礼だわ。でも……この量は私一人じゃ多すぎるかもね」

焦らすように口元に指を当てる彼女。

俺のハラが再度悲鳴を上げる。いいから早くしてくれ。

「そうだ、良かったら〝妖精さん〟たちも食べる？　ちょうど三人分あるみたいだし。いらっしゃい」

やれやれ、ようやくお呼びだ。

〝妖精さん〟こと俺たち兄妹は、朝食の席に加わるべくゆっくりとフスマを開けた。

そこには、楽しそうな莉緒の笑顔があった。

あの日全ての荷物をまとめて成瀬家を離れようとした俺の前に、立ち塞がったのは莉緒だった。

「お前、学校は？」

「どこに……行く気？」

俺の質問を盛大にムシして莉緒はそう尋ねてきた。

何だかすごく怒っているようにも見えたので、俺は素直に答えた。

「どこって、とりあえず妹の通ってる小学校かな。そこで妹を回収して、その先は二人で相談してこれから行き先を――」

「そんなことを訊いてるんじゃない！」

莉緒が突然大声でそう叫んだ。

な、何で？　俺何かそんなにマズイこと言ったか？

「私が訊いているのは、〝妖精さん〟が私に一言もなく勝手にどこに行くつもりだったのかってことよ！」

「へ？」

一瞬、莉緒が何を言ってるんだか理解出来なかった。

「か、勝手に出て行くなんて……そんなの許さないわよ。だって〝妖精さん〟はいつでも私の味方なんでしょう？　だったら……いつでも傍にいてくれなきゃ」

最後の方は顔を真っ赤にしながら、ほとんど聞き取れないくらいに小さな声だったが、莉緒は確かにそう言った。そ、それって――

俺たち、この家にいてもいいってことか？

そう訊き返すと、莉緒は恥ずかしそうに、でも迷うことなくこくりとうなずいたのだった。


と、そういうわけで『幸せ二世帯同居計画』は存続されることとなった。

ただし今度はちゃんと家主の了解のもとにである。

「おはよ、莉緒さん」

「おはよう、小春ちゃん。瀬尾くんも」

「ああ。ところでこれ、いつまでやる気なんだ？」

これ、とはもちろん今さっき行われた〝妖精さん〟うんぬんのやり取りである。

今さらこんなことをやる必要は全くないのだが、なぜか莉緒が週に一度はやりたがるのだ。

いちおう家主の意向であるし小春のやつもノリ気であるのでムリにやめさせる気はないのだが
……それでもねえ。

そんな俺の顔を見てイタズラっぽく笑いながら、莉緒はこう言ったのだった。

「もちろんこれからもずっと。だって瀬尾くんたちは〝妖精さん〟なんだから」

SHIAWASE
NISETAI
DOUKYO KEIKAKU
幸せ二世帯同居計画 ～妖精さんのお話～
第二話
『エルフちゃんの憂鬱』

0

〝家族〟の定義とは一体どんなものだろう。

血が繋がっていること、戸籍上でそうだと認められていること、いつだっていっしょにいること。挙げればもう少し出てくるかもしれないが、世間的にはだいたいそんなところだろう。

だけど俺は、それは少し違うと思う。

血が繋がっていたって互いに何の関心もない家族もいるし、戸籍なんてものは突き詰めてしまえばただの紙の上の証明にすぎない。単にいっしょにいるだけでいいのならシェアハウスのメンバーだって家族だ。逆に血が繋がっていなくても、いっしょにいられる時間が少なくても、家族と呼ぶべき強固な関係は存在する。それは俺自身、この十年あまりで経験してきたことだ。

だとしたら、一体何をもって〝家族〟を定義すればいいのか。

それは客観的な何かというよりも、主観的な認識だと思う。

互いが互いを、大切な存在だと思っているか。

結局のところ〝家族〟を〝家族〟たらしめているものは、その要員の根底にある互いの信頼——言ってしまえばそれは目に見えない絆のようなもの——だと、俺は思うんだよ。

1

『幸せ二世帯同居計画』が存続することになってから、二週間が経った。

莉緒の了承によって、俺たちは晴れて同居人（一方的）から同居人（認可）兼〝妖精さん〟としてこの家に居住することが認められ、三人での生活を送っていた。

「おはよう、瀬尾くん」

「よ、おはよう、成瀬」

台所で目玉焼きを作りながら、起きてきた莉緒にそう答える。

家事は三人で分担してやることにしていた。その中でも炊事は主に俺と小春の担当であり、さらに月曜朝は俺の受け持ちだ。

「今日の朝ご飯は何なの？」

「目玉焼きだ。すぐできるからちょっとだけ待っててくれ」

そう答えて、フライパンにフタをして卵を蒸らしていると小春も起きてきた。「おはようございます、莉緒さんっ」と元気に挨拶をして、莉緒の隣に座る。

「おはよう、小春ちゃん。あら、寝癖がついているわよ」

「え、ほんとですか？　うわぁ……」

「だいじょうぶよ。あとで私がとかしてあげるわ」

「え、いいんですか？　わ〜い♪」

莉緒の言葉に嬉しそうな顔を見せる小春。

これだけ見るともうすっかり同居人として慣れ親しんでいるかのようである。

だけどそこにはまだいくつか問題もあって……

「よし、目玉焼き、できたぞ」

「わ、やった〜♪」

「ごくろうさま。うん、なかなかいい焼き加減じゃない……って、待って、何これ？」

テーブルに置かれた目玉焼きを見て、莉緒が低い声を出した。

「？　目玉焼きだが」

「何言ってるのよ。目玉焼きにはソースだって、相場が決まっているでしょう。醤油なんて邪道よ邪道」

「え？　いや目玉焼きには醤油だろう」

「ソースよ、絶対にソース！」

「……」

「……」

俺たちの間に少しだけ譲れない空気が漂う。

や、日本人としては目玉焼きには醬油が定番じゃないのか？

「え〜、やっぱりめだまやきはしおこしょうだよ〜」

そんな中、小春がにこにこと笑いながらそんなことを言っていた。

……とまあ、目玉焼き一つ取ってみてもこれである。

何せこれまで違う場所で違う人生を送っていた者同士が、一つ屋根の下で暮らしていくわけである。色々と摩擦が起こらないわけがない。〝妖精さん〟として一ヶ月ほど同居していた経緯はあったけれど、こうやって面と向かって毎日を過ごしていくのは初めてであるわけだし、それはしかたのないことだと思う。

とはいえそういったやり取りは、俺たちにとってどこか新鮮でもあった。個々人の好き嫌いやそれまでの習慣などの色々なことをすり合わせていくという作業は俺と小春には初めてのものであり、それは大変ではあったが、決してイヤなものではなかった。

「えへへ、なんだか楽しいね」

と、小春が笑みを浮かべながら言った。

「今までこうやって、家の中でみんなで何かをいっしょにすることなんてなかったもん。いっしょにご飯を食べたり、めだまやきにかけるのはおしょうゆなのかソースなのか話し合ったりすることなんて。でてきたものをただ食べるだけだったもんね」

「ん、そうだな」

これまで暮らしてきた親戚の家では、ほとんど俺たちは邪魔者扱いだった。部屋も別、食事も別、寝るところも別、風呂に入ることができるのはいつだって一番最後。まあ親戚たちからしてみれば、俺たちは突然降って湧いて現れたような存在であるわけだからそれも仕方ないと割り切っていたんだが、だからといってそれがしんどくなかったかと言われればウソになる。

だからこそ俺たちは自分たちだけで生きていく道を選んだわけだが。

「こういうのって、なんだか〝家族〟みたいだね」

小春が目玉焼きをつつきながら楽しそうにそう言った。

「みんなで話し合いながら、いろんなことをきめていくの。お兄ちゃんがお父さんで、莉緒さんがお母さん、それでわたしが子どもかな。ふふ、あとはかわいい赤ちゃんとペットがいたらいいのになあ……」

「ちょ、ちょっと、何言ってるのよ！　私がお母さんって！　そ、それにどうして相手が瀬尾くんなのよ……！」

莉緒が顔を真っ赤にしてそう声を上げる。

「そ、そうだぞ！　それに、その、あ、赤ちゃんって、そ、それはどういう……」

「？　だって、〝家族〟はいっぱいいた方がたのしいと思うんだけどな～。二人とも何でそんな顔を赤くしてるの？」

無邪気な瞳でそんなことを言ってくる我が妹。そんな風にイノセントすぎるリアクションをされたら何も言えないじゃないか……

莉緒が小さく息を吐く。

「……ま、まあ、でもそうかもしれないわね。瀬尾くんたちは、もう〝家族〟みたいなものかもしれないわね……」

「〝家族〟……」

それは俺にとっても新鮮な響きだった。今までは肉親と呼べる相手は小春ただ一人で、そういったものは意識したことがなかったから。とはいえ『幸せ二世帯同居計画』でもあるわけだし、確かにそれは言い得て妙かもしれない。

「……ちょ、ちょっと、そんな風に改めて感慨深く言われるとこっちも困るじゃない。あ、ね、ねえ、そういえば昨日の夜、お茶漬けを食べたりした？」

と、莉緒が話題を変えるようにそう尋ねてきた。

「お茶漬け？　いや、食べてないぞ」

「わたしも食べてないよ？」

俺たちのその返答に、莉緒が訝しげな顔になった。

「そうなの？　ヘンね、昨日の夜、喉が渇いて起きてきたら台所のテーブルの上に食べかけのお茶漬けがあったのよ。てっきり瀬尾くんたちが食べたのかと思ってたんだけど……」

「？　いや、俺たちじゃない」

　というか仮に俺たちだとしても、作ったお茶漬けを食べかけで起きっぱなしにすることなんてない。それこそ〝妖精さん〟として隠れ住んでいた時ならともかく。……ん、そういえばこういうこと、以前にも何回かあったような気がするんだが……

「じゃあだれなのかしら。瀬尾くんたちの他に〝妖精さん〟がいるわけでもあるまいし」

「……」

　莉緒が俺たちの顔を見回して言う。

　だけどその言葉が、少しだけ引っかかった。

　俺たちの他に〝妖精さん〟、か……

　とはいえその時はまあ、勘違いか何かなんだろうと思うだけだった。実はだれかが食べようとして用意したのだけれどそれを忘れていたとか、そんな理由なんだろう。そう思っていた。

　それがフラグだったとは、知らずに。

2

　その日はバイトが臨時で休みになったので、授業が終わると俺は家に直帰することにした。

ちなみにバイトは寿司屋で見習いをやっている。個性的な面子ばかりでなかなか面白い職場だったりもするんだが……それについてはまあ、また別の機会に語ることもあるだろう。

ここ一ヶ月ですっかり通い慣れた通学路を歩いて、見ているとどこか落ち着く日本家屋へと帰ってくる。玄関を出たところにあるハエトリグサの植木鉢の下から合い鍵を取りだして、玄関の扉を開けた。

「ただいま」

そう呼びかけるも、反応はない。

今この家には、俺しかいない。莉緒はバイトに行っていて、小春のやつは今日は友達の家でいっしょに宿題をやると言っていた。あと何時間かは二人とも帰ってこないだろう。

階段を昇り、暫定的に俺たちの自室となっている二階の和室に入り、カバンを置く。

「ふう」

さてこれから何をしようか。

今日の夕飯当番は小春だから特にやることはないし、風呂洗い当番も莉緒が担当だったはずだ。ああ、でも昨日近所のおばちゃんからもらったモヤシがあったから、軽く下処理くらいはしておくのも悪くないかもしれない。成瀬家は周りの家からかなり気にかけてもらっているらしくて、近所のおばちゃんたちからよく差し入れをもらえるんだよな。特に小春はその愛らしい笑顔から大人気だ。おかげで食費はかなり助かっている部分があったりもする。まあおばちゃんたちは話が長いのが玉に瑕だけど……

そんなことを考えながらゴロリと畳の上で横になっていると、何だか眠気が襲ってきた。この和室、やけに落ち着くんだよなあ。い草の匂いがどこか懐かしいというか。それに今朝は朝食当番で早起きだったし……


……………………

…………………

…………

……


「……ん……？」

気が付くと、いつの間にか眠ってしまっていたようだった。

窓の外に目を遣ると景色はすっかりオレンジ色に変わっていて、時計を見ると一時間ほどが過ぎてしまっている。

いかんいかん、モヤシの下処理をする時間がなくなってしまう。急いで台所へ向かうべく身体を起こそうとして、
ゴトリ……

その台所の方からふと物音が聞こえたのだ。

「？」

……何だろう？

家鳴りとかではなく、確かに何かの物音だった。猫でも忍び込んでいるんだろうか。いや猫ならまだいい。この家は年季の入った日本家屋だけあって、忍び込むことができる場所がそこかしこにある。その気になればたやすく外部からの侵入を許してしまうことは、他ならぬ我が身をもって実証済みだ。

「……」

緊張しながら、足音を殺して一階へ下りる。

階段を下ればすぐ横は台所だ。

腕っ節に別に自信があるわけじゃないが、これまで小春と二人で生きていく上で荒事を避けられない場面も多々あった。不審者の一人くらいなら取り押さえられると思う。まあそれも相手によるだろうが。

入り口の陰から気配を消して台所の様子をうかがう。

すると、

「……え？」

尻が見えた。

ぴょこぴょこと動くかわいらしい尻。スカートがめくれ上がって、その下にある、その、縞模様が丸見えになっている。

「………」

どうやら不審者は、四つん這いになって床下収納を漁っているようだった。

床下収納の中には、この前俺が漬けた秘伝のナスとキュウリのぬか漬けがあったはずだ。

「わ、ありましたありました。おナスとキュウリ。これがおいしいんですよねぇ♪」

どうも、それが目当てらしい。

弾んだ声を上げながらごそごそと床下に頭を突っ込んでいる。ううむ、不審者ながら秘伝のぬか漬けの良さが分かるとは目の付け所はなかなかいいじゃないか……って、そんなことに感心している場合じゃない！　相手は明らかに不法侵入者だ。

俺はスーっと息を吸い込むと。

腹の底から大声を出した。

「こらぁあああああああああ……！」

「ひゃうっ……!!」

不審者が悲鳴を上げる。

バネ仕掛けの人形のようにびくんっ！　と身体をのけぞらせたかと思うと、転がるように床下から飛びだしてきた。

「な、なんで……!?　い、今の時間はだれもいないはずなのに……!?」

あわあわと辺りを見回す不審者。

「え……？」

その姿に、俺は思わず言葉を失ってしまった。

だってそこにいたのは。

「う……ううううう……」

肉食動物の襲撃に遭った小動物のように身体を震わせる……中学生くらいの女の子だったのだから。


「……つまり、俺たちと同じことを考えたやつがいた、ってことか」

和室で申し訳なさそうな表情を浮かべる中学生くらいの女の子を見下ろして、俺は大きく息を吐いた。

「住めるところを探してこの辺りをうろうろしていたところ、この家を見つけた。それで空き家だと思ったら人が住んでいたが、何となく隠れて住めそうだったからそのまま居着いた、と……」

「あ、あはは……だいたいそれで間違ってないですぅ……」

中学生が頭の後ろに手をやりながらそう答える。

何でもおよそ二ヶ月前、夜中に行くところがなくて困っていたところたまたまこの家を見つけたらしい。見たところ人の気配のないこの広々とした日本家屋に、それなら自分が住んでも大丈夫なんじゃないかと判断した。だがそのまま侵入して一夜を明かしたところ、翌朝人が住んでいることが判明する。とはいえその唯一の住人は、あまり自分の周囲のことに関心がないようだ。なのでこのまま隠れて住み続けても大丈夫なんじゃないかと思い、ここに（一方的に）同居することに決めたのだという。……まったく俺たちと同じだ。

「しかも二ヶ月前からってことは、俺たちよりも先ってことか……」

つまり俺たちが〝妖精さん〟としてこの家に隠れ住んでいた時には、もうすでにこの中学生が居住していたってことになる。いわば〝妖精さん〟の先輩か。俺たちがフェアリーとかだとすればこの子はエルフってところだろう。なるほど、時折感じた人の気配や食べかけの食器は、この子のものだったってことか……

「それできみは、ええと……」

「あ、向日葵です。佐藤向日葵」

エルフは丁寧にそう名乗った。

「あー、うん、向日葵は、どうして家に帰らないでこんなことをしてたんだ？」

訊いてはみたものの、見たところ家出か何かだろう、たぶん。

その予想に違わず、エルフ——向日葵は言いにくそうにこう口にした。

「う、うーん、まあ、実家の居心地が悪いといいますか、両親と兄弟と折り合いが悪くて、家を出てきちゃったんです。家にいるのがちょっとばかりしんどくて……」

やっぱり家出か。

「……そういうことなら悪いこと言わないから、早いところ帰った方がいいぞ」

「え、で、でもぉ……」

仮にも〝妖精さん〟の先輩に言うのはあれなのかもしれないが、帰れるところがあるのなら帰った方がいい。それは帰ることのできる場所がない者からの、せめてもの忠告だ。

「それにな、この家の家主はひどく凶暴なんだ」

「え……？」

「基本的に人間を信じていないんだ。ほとんど憎んでいると言っていい。しかも時々噛みつく。今日も俺は腕を噛まれた」

「……」

その言葉に、向日葵の顔が真っ青になる。正直莉緒に聞かれたら本当に噛みつかれそうな内容だが、これくらい言っておいた方が効果的だろう。

「うう、分かりました。噛まれるのはいやなので帰りますぅ……」

そう言って向日葵が力なく立ちあがろうとして。

そこでなぜかバランスを崩したのか、ぐらりとこっちに向かって倒れてきた。

「え、あ、きゃうっ……」

「危ない！」

反射的に手を伸ばして、倒れかかってきたその身体を支える。

腕の中にすっぽりと収まった小さな身体は、驚くほど軽かった。

「ご、ごめんなさいぃ……。お腹が空いて足がもつれてしまったみたいで……」

「お腹が空いてって……」

どんだけ腹ぺこなんだ。

おまけに今の勢いでそうなったのか、制服の背中の部分がまくれ上がってしまっている。その向こうにチラリと水色の下着のヒモが見えてしまい、思わず顔を逸らそうとして、それが、目に入った。

「あっ……」

向日葵が焦ったように小さく声を上げる。

そそくさと制服の乱れを直すと、勢いよく立ち上がって、

「そ、それじゃあ、さようならです。おにいさん」

「……待った」

足早に部屋から出て行こうとした向日葵の腕を、俺はガッチリと摑んだ。

だって、それを見つけてしまった以上、放っておくなんてことができるわけがない。

「これ……どういうことなんだ？」

「え、ええとですねぇ……」

「……」

「あ……っ……」

小さく声を上げる向日葵の制服の背中をもう一度まくり上げる。そこにあったのは……目にするのも痛々しい、いくつもの青あざだった。

「こ、これはですねー、その……そ、そうです、こ、転んじゃって……」

「違うだろ」

転んでできる傷とは違うことは一目で分かる。この青あざは、叩かれたり、殴られたりしなければできないような代物だ。それを俺はよく知っている。

「ううう……」

向日葵が泣きそうな顔になる。

その時だった。

「ただいま～」

玄関の方から、そんな声がした。続いてとてとてとのんびりとした足音が台所へとやって来た。

「あ、お兄ちゃん、もう帰ってたんだ。おかえりなさ――っ」

そこで小春の言葉が止まった。

神妙な顔をして向日葵の制服をまくり上げる俺の姿に、じりじりと後ずさりする。

「ち、違うんだ小春！　これには事情があって」

「お、お兄ちゃんが……お兄ちゃんが……女の人の制服をまくりあげた挙げ句にそこに顔を突っ込んで犬みたいにはふはふする変態さんになっちゃったぁああああああ……!!」

ご近所に響きかねない大声でそんなことを叫ぶ。

か、顔を突っ込んではいないしはふはふもしていない！

とりあえず小春を黙らせるのに、五分ほどの時間を要したのだった。

3

「……なあ、家族に黙ってこっそりペットを飼うって、どうやったらいいと思う？」

「え、どうしたんですか瀬尾くん、急に？」

翌日の学校で。

〝妖精さん〟身バレの一件で仲良くなった隣のクラスの橘さんを廊下に呼んでそう相談をする

と、そんな怪訝そうな声が返ってきた。

「ん、まあ、ちょっとそうしなきゃならない事情ができたというか……」

「ええと、何か理由がありそうですね。大きさはどれくらいなんですか？」

「そうだな、だいたい体長は一メートル五十センチくらいで……体重は、ちょっと痩せてたから三十～四十キロくらいか」

「……それ、虎か何かですか？」

「いや……その、何だ、『大型犬』だ」

「……本当に？」

「……」

「……」

「……」

「……まあ、瀬尾くんがそうだって言うんなら、それ以上の追及はやめておきますね……」

そこで橘さんは少し考える素振りを見せた。

「うーん、だけどそれはちょっと私の手には余るかも……。そういうのは、ネットとかで訊いてみればいいんじゃないんですか？」

「実はそれはもうやってみた」

昨晩、『YABEE！知恵袋』に質問を載せてみたのだ。

『家族に隠れて大型犬を飼いたいと思っているのですが、どうしたらいいでしょうか？』

するとと似たような質問があることを発見した。そこには『飼っていた大型犬が亡くなり、火葬も悲しいので溶かして庭に撒くことにしました。溶かすのには水酸化カリウムが最適と聞いたのですがどれくらい必要でしょうか？　ちなみに犬の体重は五十キロほどです』とあった。三分ほどディスプレイを凝視した後、そっと閉じた。いやこれって……

その質問の影響か、返ってくる答えは「五十キロの犬って……」「それ本当は犬じゃないでしょ」「それ、犬じゃなくてにんげ……」みたいなものばかりだったが、その中でいくつか真面目に対応してくれた答えは、どれも「家族に隠れて飼うのは難しいのでは？」という内容のものだった。

まあ、そうだよな。普通に考えて、〝家族〟に秘密にして『大型犬』の世話をするのは簡単じゃないか……

「…………」

と、莉緒が教室の中からこっちの方をちらりと見ているような気がした。おっといかんいかん。莉緒にはまだ知られんようにしないと……

まあ……お察しの通り、『大型犬』というのは、昨日台所で発見した例のエルフのことである。

あの後エルフ――向日葵から詳しい事情を聞いた。

「……うちは再婚家庭なんです」

ぽつりと、何かを絞り出すようにそう口にした。

「お母さんはわたしが小さい頃に病気で亡くなりました。それ以来お父さんは一人でわたしの面倒を見てくれていたんですけど、三年前に会社の部下の人と再婚しました。さみしくないかと言われればウソになるとは思いますけど、お父さんはずっとがんばってわたしを育ててくれたんだし、幸せをつかんでほしいと思いました」

「うん」

「……最初はよかったんです。新しいお母さん――あの人とは再婚前にも何度か会ったことがあったし、歳も比較的近いことから姉妹みたいで、仲良くやっていました。どこかぎこちないところはありましたけど、それでも三人で楽しく毎日を過ごしていたんです。……でも、変わっちゃったのは去年……弟ができてからなんです」

「……」

「やっぱり……弟はかわいいんだと思います。両親二人とも血の繋がっているはじめての家族だし、はじめての男の子です。両親ともに、弟に接する時間が増えました。でもそれはしかたがないと思いました。普通の家だって、新しく下の子ができればそうなると思います。だからなるべく迷惑をかけないように、目立たないようにすることにしました。でも、あの日……」

そこで向日葵は何かをこらえるように顔を背けた。

「……そんなことするつもりはなかったんです。弟がわたしの机でいたずらをして、オルゴールを壊してしまいました。それはたった一つだけ遺った、お母さんの形見でした。わたし、怒っちゃったんです。弟をにらみつけて、ついどなってしまったんです。そうしたら、弟はびっくりしたのか、そのまま机から落ちてしまいました。五針も縫う怪我でした。……それから、あの人の態度が変わりました」

「……」

「弟に近づくだけで、大声で怒鳴るようになりました。手を触れようものなら、その手をはたかれました。もちろんわたしが悪いんですから、できるだけ弟に近づかないようになりました。でもそのうち……何もしなくても怒鳴られるようになりました。お前は鬼だ、疫病神だと言って。そして、最近になって、たたかれることも……。だから、わたしは家を出て……」

「……」

……おおよその事情は分かった。

もちろん細かなニュアンスまでは分からんが、少なくとも昨今のワイドショーなどでよくある再婚相手が連れ子をいじめたとか、そういう単純な話ではないらしい。だからといって、どんな理由があったとしてもこんな中学生女子に対して怪我をさせることが正当化されるわけじゃないが。

「親父さんにはそのことを話してないのか？」

「……お父さんには言えないです。よけいな心配をかけたくなくて……」

まあその気持ちは分からんでもないが。でも追い詰められて家出という手段を選んでいるっていうなら、けっきょく心配をかけてるって面では同じような気もするんだがな。

何であれ、今は向日葵は義理の母親とはいっしょにいない方がいいだろう。

それは理屈ではなくて、感情の問題だ。

できることならこのままこの家に住まわせてやりたいところだが、あいにく俺にその権限はない。もちろん家主である莉緒がオーケーすれば話は別なんだが……

「……」

絶対に、ダメだろうなあ……

彼女の性格からして、すんなりと受け入れてくれるとは考えにくい。学校でもまだあまり周りとは馴染んでいないし、たぶんだが、まだ俺たち以外のだれかと普通に接触するのは、早いんだろう。

「……わたし、やっぱり出ていかなければだめ……ですよね……」

しょんぼりとした声音で向日葵が口にする。

そんな向日葵に、俺は言った。

「――大丈夫だ、俺が何とかする」

「え、で、でもぉ……」

「いいから、任せとけ」

ちなみに根拠はまったくなかった。


とまあ、そういうわけなのである。

とりあえず向日葵を匿うことに小春は協力してくれることになったものの、それでも人ひとりを同じ屋根の下に住んでいる者の目から隠して生活をするってのはなかなかに大変なものだ。食事を確保するだけでも一苦労だし（向日葵は育ち盛りだけあってよく食べた）、洗濯や必要なものの調達も簡単にはいかない。風呂ともなると、小春と連携しての大仕事だった。

ゆえに色々と際どい場面に遭遇したりもした。

「あら瀬尾くん、そのおにぎり、どうするの？」

「あー、ええと、うん、後で部屋に戻ってから食べることにする。成長期なのか、最近夜中に腹が減ることが多くてさ」

「ふぅん、そうなの」

「あ、ああ」

向日葵への食事を運ぼうとして莉緒に怪訝な目で見られたり、

「何だか洗剤の減りが早いわね。第三の洗剤がもう残り三粒しかない」

「え！　あ、ああ、ちょっとここのところ、成長期なのか汗をかくことが多くてな」

「なくなったらちゃんと買い足しておいてね」

「わ、分かった」

洗濯の回数が多くなってしまってそのことを不思議がられたり、

大変だったのは、夜中に向日葵がシャワーに入っている時に莉緒が起きてきた時だ。ちょうど向日葵が浴室に入ったタイミングで（そして俺が風呂場の外で見張りをしようとしていたタイミングで）、莉緒が洗面所へとやってきたのだ。

「？　だれかシャワーに入っているの？」

「あ、ああ、俺だ！」

慌てて浴室に飛びこんで、俺はそう答えた。

「瀬尾くん？　ずいぶん遅い時間にシャワーに入っているのね」

「そ、そうなんだ！　ちょっと成長期なのか、この時間に暑くてたまらなくなって、それでちょっとクールダウンするためにシャワーを浴びていたんだ」

「……ずいぶん頻繁な成長期ね。というかそれはあれよ、ホットフラッシュよ。更年期障害の」

「そ、そうなのか……？」

シャワーを浴びる理由は方便だが、夜中に突然身体が火照ることがあるのは本当だったので、その衝撃の事実に愕然とする。

「更年期障害は根本的な治療が必要よ。シャワーで冷ましても一時しのぎにすぎないわ。ほどほどにね」

「……ああ……」

「お大事に」

そう言い放って、莉緒は自室へと戻っていった。

「……あ、あの、瀬尾さん、更年期障害なんですか……？」

「……どうやらそうらしい……」

浴槽からぴょこんと顔を出した向日葵が気の毒そうな声でそんなことを言ってくる。ああ、若いっていいな、そのシャワーのお湯を見事に弾く一糸まとわぬ玉のような白い肌が羨ましいな……って、一糸まとわぬ⁉ そうだった⁉ ちょうどシャワーを浴びるところだった生まれたままの姿の向日葵を、そのまま浴槽に押し込めたんだった！

慌てて首が折れそうな勢いで顔を逸らす。

「わ、悪い！」

「あ、い、いいえ……っ……！」

そこで向日葵も自分の状況を思い出したのか、がばっ！ と浴槽にしゃがみこんで小さな声

で言った。

「す、すみませんです……わたしのせいで、色々と迷惑をかけて」

「い、いや、むしろこっちこそ……」

とまあ、そういった感じに色々と大変だった。

とはいえ向日葵(ひまわり)はいい子だった。

基本的には素直で明るくて、少し遠慮がちなところはあるが人見知りというほどではない。こっちの気持ちもきちんとくみ取ってくれる。小春(こはる)ともすぐに仲良くなった。

「小春(こはる)ちゃん、いっしょに背の測りっこをしましょうかぁ？」

「え、いいの、向日葵(ひまわり)お姉ちゃん？」

「うん、ほら、ここの柱を使ってやりましょう。……って、あれ、もう名前が彫ってあります。だれかここで測ったんですかね？」

「ん～、『やすし』、って書いてあるね。隣には『たかあき』ってある」

「兄弟ですかねぇ？　以前にここに住んでいた方たちのものとか……？　まあ、どうせなんで使っちゃいましょう。じゃあ小春(こはる)ちゃん、ここに立ってください～」

「わ～い、やったやった～♪」

そんな感じに、二人して仲良く話している姿をよく見かけるようになった。その姿は、まるで本当の姉妹であるかのようである。

だけどそのいい子さが、俺には逆に気になった。

いい子すぎるのだ。

この歳でこんな境遇に陥ってしまったら、普通だったらその原因である義母や弟に対して少しくらい文句を言ったり、ワガママの一つも言ったりするだろうに、向日葵にはそれがまったくない。どんな時でもにこにこと笑って、自分の境遇を受け入れている。いや、受け入れているように見える。

まるでそうしなければ、生きていけないかのように。

4

そんな日々が何日か続いた。

向日葵を匿いながらの『幸せ二世帯同居計画』。……いや現状的には正確には三世帯同居計画なのかもしれんが。

同居生活は今のところうまくいっていた。

莉緒の目から隠れながら、向日葵にもちゃんと人並みな生活を送らせる。小さなトラブルは色々とあったものの、大きな問題は起きることなく毎日が過ぎていた。

アクシデントが発生したのは、それから五日後のことだった。

その日、俺と向日葵は莉緒が寝静まったのを確認して、台所であることをやっていた。

「……なあ向日葵……もういいだろ……？」

「……ま、まだです……まだそれをするのは、早いと思います……」

「……でも俺……もう待ちきれないんだよ。なあ、いいだろ？」

「……せ、瀬尾さん、目がすわってますよぉ……」

「……じっとりと濡れている内にかき混ぜておきたいんだ。ぐちゃぐちゃと。ほら、その方が向日葵も気持ちいいだろう？」

「や、だ、だめですぅ……！」

夜中の台所に向日葵の黄色い悲鳴が響き渡る。

これは深夜の台所で女子中学生と二人きりのいけないレッスン……というわけではもちろんない（断固ない）。

「あ、できてきたみたいです。もうひっくり返してもだいじょうぶですよ、瀬尾さん」

「お、やっとか。やっぱりタコ焼きの中身は火が通りきらない内にかき混ぜておかないとな」

「ふふ」

小さく笑う向日葵。

向日葵が明日、中学校の家庭科の授業でタコ焼きを作るというので、頼まれてそのための練習をしているのだった。ちなみに夜遅くだったため、小春はすでにお気に入りのぬいぐるみであるソドムちゃんといっしょに夢の中である。

「う～ん、なかなかうまくできません。ひっくり返す時にどうしても失敗しちゃって……」

「ほら、こうやるんだ。手首をうまく駆使してクシを使うのがコツだぞ」

「う、ううん……むずかしいですぅ」

「(さりげなく織り交ぜたギャグをスルーされて悲しげな顔)。……こうなったらできるまで居残りだな」

「えぇぇ～」

向日葵が小さく声を上げる。

でもその表情はどこか楽しげなように見えた。

そんな風にしばらくの間、楽しく喋りながらタコ焼きをひっくり返し続けていると、

「瀬尾さんは……お兄さんみたいです」

「え？」

向日葵が、ふとそんなことを口にした。

「やさしくて頼りになって話しやすくて……こういう風に色々と教えてもらうの、昔からあこがれてました。わたし、ずっと前からこういうお兄さんがほしかったんです」

「そ、そうか」

「は、はい。あの……」

「ん？」

そこで向日葵は言葉を止めた。

そして何かを思い切るかのように胸の前で手をぎゅっとグーに握ると、真っ直ぐな目でこっちを見上げて、

「よ、よければなんですけど……瀬尾さんのこと、お兄さんって呼んだらだめですか……っ？」

そんなことを言ってきた。

「お、お兄さん……!?」

胸に電撃が奔った。それは初めての経験だった。小春のやつはずっと俺のことを「お兄ちゃん♪」と呼んでいるし……

「は、はい、だめですか……？」

「い、いや、ダメってことはないんだが……」

「じゃ、じゃあ、いいですか……？」

「え、う、うーん……」

「じーっ……（つぶらな瞳）」

「う、分かったよ……」

ま、まあ断る理由もないし……

「わ、わぁ、やりましたぁっ……！」

向日葵が嬉しそうにぴょこぴょこと飛び跳ねる。う、うーむ、そんなに喜ぶことだろうか。

やがて向日葵が、少しだけ恥ずかしそうに言った。

「お、お兄さん……」

「な、何だ？」

「お兄さん……♪」

「お、おう……」

「え、えへへ、お兄さん……♪」

「む、むう……」

な、何だろうな、このやり取り。

そんなこと（お兄さん……♪）を面と向かってにこにこと言われると何だかこそばゆいというか、妹みたいな歳下の女子とはいっても小春とはまた違ったタイプであるわけだし、対応の仕方が難しいというか……

どう返していいか分からずに仕方なく横を向いてタコ焼きをひっくり返す作業を続ける。

向日葵も口にして自分で恥ずかしくなったのか。「あ、え、ええとぉ……あ、あはは〜」と同じようにひっくり返す作業に没頭してしまっている。深夜に無言でタコ焼きをひっくり返し続ける二人……。さすがにこの絵面はどうかと思い始めた、その時だった。

「ねえ、だれか起きているの？」

「！」

廊下の方からふいに声が聞こえてきた。それほど大きいわけじゃないのに凛としていてよく通るこの声は……莉緒だ！

「ま、まずい！　隠れないと！」

「で、でも、隠れるって、どこにですか……？」

「そ、それは……」

辺りを見回す。今から隠れられそうな場所は……

「ここしかない！」


ガバッ……！

俺が選んだ先は床下収納だった。扉を開き二人して慌てて隠れる。大量に貯蔵されたぬか漬けがあふれんばかりだったが、その合間をぬって何とか二人入ることができた。とはいえほとんど身動きできないほどの僅かなスペースであり、密着した向日葵の甘いお菓子のような香りがふわりとすぐ鼻元を漂う。

収納の扉を閉めるのとほぼ同時に、頭上から声が聞こえてきた。

「おかしいわね、話し声が聞こえたと思ったんだけど……」

『……』

「……あら、こんな時間なのにタコ焼きとお茶が出てる。もしかしてこれは、〝妖精さん〟が私に用意してくれたのかしら?」

『！　そ、そうだよ、〝妖精さん〟だよ』

とっさにそう答える。

莉緒とのこの〝妖精さん〟のやり取りは、まだ時折続いていた。なのでその流れに乗っかることにしたのだ。

「ああ、やっぱり。だけど今日はだいぶ量が多いわね。タコパでもやろうとしていたの?」

『あ、そ、そうなんだよ！　……え、ええと、今日は〝妖精さん〟の友達の〝エルフちゃん〟が遊びに来てくれてるんだ。それで、その〝エルフちゃん〟の分もあるというか……』

少し苦しいか……?　だけど莉緒は、特にそこに突っ込んでくることなく話を続けた。

「そうなの。じゃあ遠慮なくいただくわね」

そう言って焼き立てのタコ焼きを口にする莉緒。いや冷静に考えて〝妖精さん〟と〝エルフちゃん〟がタコパをしているって、ものすごいシュールな光景だな……

しばらく食器が動かされる音が頭上で響いていた。

「ところで〝エルフちゃん〟は、そこにいるのかしら？」

『え……？』

と、ふいに莉緒がそんなことを訊いてきた。

向日葵が慌てた表情で俺の顔を見る。

む、ここはどうするべきか。〝エルフちゃん〟がいると言ってしまった以上、エルフちゃんが返事をしなければ怪しまれるか……？　だけど莉緒だって当然、〝妖精さん〟が俺の創作物だってことは分かっているはずだ。ああ、でももしかしたら小春がエルフちゃん役をやっていると思っているのかもしれない。だとしたらここは返事をするべきか。ううむ……

十秒ほど迷った結果、俺は向日葵に向けて小さくうなずいた。それにこくこくとうなずき返して、向日葵がぎゅっと手を握って声を出した。

『こ、こんばんは。わ、わたし、〝妖精さん〟のお友達の〝エルフちゃん〟といいますっ』

声音を変えての返答。もともと向日葵の声は小春に近い高音だし、床板を通してのものだから小春のものに聞こえる可能性もある……はずだ。というか聞こえてくれ。

願いが通じたのか、莉緒はそのあたりのことについてはスルーしてくれたみたいだった。

「はじめまして。こんばんは、〝エルフちゃん〟」

『こ、こんばんはですっ』

「そんなに固くならなくてもいいわ。〝妖精さん〟の友達なら大歓迎だもの。このタコ焼きは

〝エルフちゃん〟が作ってくれたの？」

『あ、は、はいっ。え、ええと、〝妖精さん〟と協力して作りました。わたしは教えてもらってばっかりで……』

「そう。とっても美味しいわ。火が通る前にちゃんとかき混ぜたのかしら、粉とタコがよく馴染んでいるわね」

『あ、ありがとうございます……！』

そんな感じに当たり障りのない会話が続けられていく。

とりあえずこのままやり過ごすことができるか……と安心しかけたのも束の間、

そこで、莉緒がぶっこんできた。

「そういえば、〝エルフちゃん〟はどうしてこの家にやって来たの？」

『え……？』

「だって〝エルフちゃん〟は本来、きれいな森に住んでいるはずなのに、そこを出てわざわざうちなんかにやって来るなんて、相応の理由があるはずでしょう。違うのかしら？」

そこまでエルフちゃん設定に突っ込んでこなくてもいいってのに……！　ああ、でも〝妖精さん〟の時も莉緒は割と〝妖精さん〟の詳細について食いついてきたな。こういう設定周りが気になるタイプなのか……

『り、理由ですか、それは……』

戸惑うように向日葵が言葉に詰まる。

（向日葵、あんまり真面目に答えなくてもいいんだぞ）

小さな声でこっそりとそう耳打ちをする。

『………』

だけどしばらく沈黙した後、向日葵はぽつりとつぶやいた。

『……帰る森が、なくなってしまったんです』

（向日葵……？）

『……うん、もしかしたら元からあそこはわたしの住む森じゃなかったのかもしれません。あそこは、きれいだけど、息苦しいんです。笑顔でいないと、わたしの居場所はない。つらいことがあっても、くるしいことがあっても、笑って全部受け流すしかない……少し、疲れちゃいました。もう、あの森にはわたしの居場所はないんだと思います。だから、逃げてきちゃったんです……』

ひと息にそう言い切る。その内容は、完全に予想外のものだった。

「……そう、なの。悲しい話ね」

莉緒が小さくそう口にする。

……どうしてだろう。

そのたとえ話はほんの短いものだったんだが、そこには向日葵の本当の気持ちが凝縮されているように思えた。まるで、それが本当に向日葵(ひまわり)の境遇を表しているかのようで……

その後、タコ焼きを食べ終えお茶を飲んで、莉緒(りお)は自室へと戻っていった。

あとには、どこか気まずい雰囲気の向日葵(ひまわり)と俺が残される（床下に）。

「……」

「……」

「あ、あはは、ちょっと重くなっちゃいましたね……」

「向日葵(ひまわり)……」

「あ、さ、さっきの話は冗談ですよ、冗談。〝エルフちゃん〟の、その、ちょっとした設定といいますかぁ……」

「……」

「だ、だから、気にしないでください。ほんのたとえ話なんですからぁ……」

「……」

わたわたと笑みを浮かべながらそう誤魔化すように言う向日葵(ひまわり)。

だけどその瞳の奥では、心細そうな頼りない光が揺れていた。

5

向日葵(ひまわり)の、内に秘めた本当の思いを俺が知ることができたのは、それからしばらくしてのことだ。

〝エルフちゃんタコパ事件〟から数日が経(た)ったある日。俺は向日葵(ひまわり)の中学校を訪れることになった。朝、家を出ようと思ったら、先に出た向日葵(ひまわり)の弁当箱が台所に残されていたのだ。

「あれ、向日葵(ひまわり)お姉ちゃん、忘れちゃったのかな？」

かわいらしいヒヨコのデザインをした弁当箱を見て小春(こはる)が言った。

「ん、みたいだな」

「お姉ちゃん、もりもりよく食べるから。お昼ご飯がなかったらお腹空(なか)いて死んじゃうよ。届けてあげないと……」

「ああ、それなら俺が昼休みにでも行ってくる。うちの高校からならそんなに遠くないみたいだからな」

向日葵(ひまわり)は育ち盛りだし食欲旺盛だし食欲旺盛だし食欲旺盛だし、昼ご飯がないのは辛いだろう。

「お願い、お兄ちゃん。あ、でもお兄ちゃん、顔が怖いから一人で行ってもだいじょうぶかなあ……？　通報されたり強制退去させられたり捕獲されたりしないかな……？」

「……妹よ、お前は兄を何だと思ってるんだ……？」

「あ、そうだ！　あれがあった。ええと……ん、これをもっていけばだいじょうぶだよ！」

「え、これって……」

「はい、お兄ちゃん（満面の笑み）」

「……お、おう……」

そういうわけで、小春（こはる）からもしもの時の保険を持たされて、昼休みに俺が届けに行くことになったのである。

「ええと……ここか」

向日葵（ひまわり）の通う中学校は、俺たちの高校から歩いて十分ほどの距離にあった。

どこにでもあるような、ごく普通の市立中学校。

昨今のご時世もあってセキュリティも厳しいかと思いきや、昼休みの間は意外と緩めのようである。校門も開放され校庭で遊んでいる生徒たちの姿が見える。「えいしゃおらー！」とかけ声を上げる坊主（ぼうず）頭の中学生たちを眺めながら、俺は特に裏門を使ったりすることなく堂々と正門から侵入、もとい進入した。ちゃんとした理由もあるわけだし、こういう状況ではコソコソするとかえって怪しまれるからな。

昇降口を抜けて、階段を昇って適当に上階へと進む。もちろんここを訪れるのは初めてのことだが、学校の造りというものはおおよそどこも共通しているものである。だいたいの感覚に従って歩を進めていく。

確か向日葵は二年三組だって言ってたっけな。

辺りを見回して二年生の教室のある方向を探した。ええと、こっちの方か。ここが二年一組ってことは、三組はおそらく奥のあっちの方だろう。その予測は外れず、すぐに『二年三組』と書かれたプレートが見えてきた。

さて問題はここからだ。どうやってあまり目立たずに向日葵を呼び出すべきか。普通にこっそりと後ろの入り口から呼ぶべきか、だれかクラスメイトに声をかけて連れてきてもらうべきか、あるいは床を匍匐前進をして直接接近するべきか……

「……ん？」

そんなことを考えていると、ふと教室から出て行く数人の男女の姿が目に入った。

男女合わせての六人組。パッと見、明らかに柄の良くない感じだ。どのクラスにも必ずいる不良グループというやつだろう。なるべく関わらないように視線を外そうとして、その中に見慣れたちんまい姿があるのを発見した。

「……」

今のは……向日葵、か？

チラリと見えただけだが、あの、何ていうか全体的に小さくて薄幸な感じは間違いない。俺は急いでその後を追った。

不良グループが向かった先は、校舎裏だった。

二人のギャル風の女子が、一人の女子を挟んで何やら剣呑な表情を浮かべている。ギャルの間で猟師に追い詰められてジビエ寸前の仔ウサギのように小さくなっているのは……やっぱり向日葵だ。何をやってるんだ？

「……だからさぁ、あんた生意気なんだよ」

「え、そ、そう言われましても……」

「そう言われましても、じゃねえっつーの。うちらが生意気だって言ったらそうなんだよ。分かれよ」

「そういう空気読めないとこがむかつくんだよ！」

「う、うう……」

……よく分からんが、少なくとも友達ってことはなさそうだ。

すぐにでも飛びだしていきたい衝動を抑えて、焼却炉の陰に隠れながら様子を窺う。

「だいたいいつも何で敬語なんだよ！　逆にバカにされてる気分になるんだよね」

「そ、そういうわけじゃ……」

「……ちっ、何笑ってんだよ。そのへらへら笑ってるのも腹立つっつってんだろ！」

「絶対こいつ、うちらのこと下に見てるよね！」

　さらにギャルどもがいきり立つ。

　それをさらに煽るように、後ろに立っていた金髪男子がはやし立てた。

「まあまあ、しょうがねえだろ、こいつ、空気読めねえしさぁ」

「そうだけどさぁ」

「それにおれ、知ってんだよ、こいつとは近所だからさ」

「何を知ってんの？」

「へへ、こいつ、ずっと家出してんだぜ。二ヶ月前くらいからか？　それなのに親たち、ロクに探しもしないんだってよ。こいつんちこの前弟が生まれたらしいから、こいつのことはもういいんだろ。ほら、あれだ、いらない子なんだよ」

「……っ……！」

　その言葉に、向日葵の表情が変わった。一瞬だけ全ての感情が凍り付いたような厳しいものになる。だけどすぐに我に返ったのか、慌てたようにいつもの笑みを浮かべた。

「……あ、あはは、そ、そうですよねぇ。家族はわたしがいなくても気にしていないみたいですし、和樹がいるし、もうわたしはいなくてもいいのかもしれないですよ……」

「ははっ、学校でも家でもいらない子か！」

「何それ、超うけるんですけど！」

「もうあれだ、世界中でいらない子だな、こいつ！」

下品な声を上げて笑う金髪ども。

その中で、向日葵は手をギュッと握りしめたまま何かに必死に耐えるように顔をうつむかせていて……

……ああ、うん、いいかげんここいらが限界だろう。

俺は小春から持たされていた保険を取り出して、金髪どもの前に出た。

「……お前ら、そこまでにしとけよ」

「！　ああん、だれだよ！　……っ、って、う、馬ぁ⁉」

金髪がぎょっとしたように声を上げる。

ちなみに頭に被っていたのは、何かあっても面が割れないようにと小春から渡された馬のマスクだ。よく仮装大会とかで使われるアレである。……ありがとう、妹よ……

「……おにい、さん……？」

「！　あ、ああ、何なんだよ、てめぇは！」

「おもしれぇ馬面しやがって！」

「こいつの知り合いか？　こいつをかばおうとしてんのか？　ロリコンかこの野郎！」

金髪どもの誰何の言葉に、俺は短くこう答えた。

「……俺は、通りすがりの〝妖精さん〟……〝ケルピー〟だ」

「よ、陽性だぁ？」

「キモい面したただの魔物だろうが！」

「おれがゲットしてやるよ！　ぶっ殺すぞだらぁ！」

　魔物とは失礼な。

　金髪どもがそれぞれ頭の悪そうな台詞を吐いて殴りかかってくる。だけどそれはただ勢いに任せただけの、雑な代物だ。

　あいにくだがこっちは、育ちの悪さの影響で、望む望まないとに関わらずどこぞのほ乳類の名前をした闇金融マンガに出てくるような修羅場くらいなら経験している。それから比べたら、こんなのはお遊びみたいなもんだ。

　殴りかかってくる金髪の右手を受け止めて、俺はそのまま手に力を込めた。

「……がっ、い、いてて……な、何しやがる！」

「……いらない子とか、簡単に言うな」

「……あ？」

「……いらない子だとか、軽々しく言うなって言ってるんだよ！」

　正直ちょっと……いやかなりムカついていた。

近所の住人だか何だか知らないが、世の中には言っていいことと悪いことがある。

俺は右手を握りしめると、そのまま金髪の頭に拳骨（げんこつ）を落とした。

「ぐぎゃはあ！」

情けない声を上げて金髪が地面に崩れ落ちた。

「……お前らもだ」

「ぐげぇ！」

「ごぼぉ！」

続いて残り二人の頭にも鉄拳制裁を下す。そして残ったギャル二人の方を、俺は（馬面（うまづら）で）向いた。

「え、ま、まさかあたしらまでやらないよな……？」

「う、うちら、女の子だよ？　か弱いんだよ？　まっとうな人間だったらそんなひどいこと……」

「悪いな。俺は〝妖精さん〟だから、そういうのは分からないんだ」

「きゃあっ！　ま、魔物じゃんか……！」

「ひ、人でなしぃ……！」

声を上げるギャルどもに馬面（うまづら）が容赦なく迫る。

きっちりギャル二人にもデコピン（強烈なやつ）をして、お仕置きは完了した。

「……まったく、災難だったな」

金髪とギャルどもが完全に消え去るのを確認して、俺は馬マスクを取った。

「お、お兄さん……？」

「大丈夫だったか？　怪我とかはないか？」

「え？　あ、は、はいです。で、でもどうしてお兄さんがここに……？」

「ん？　弁当を届けに来たんだ。忘れてたみたいだったから」

「あ、そ、そうなんですか。ありがとうございます……！」

向日葵がぺこりと頭を下げる。

「それにしても、今どきあんなアホどもがいるとはな。もう二度と絡んでこないように、先生にでも言って釘を刺しておいてもらわないと」

そう言いながら向日葵の頭をポンポンと撫でる。

だけど俺のその言葉に、向日葵はぶんぶんと首を横に振った。

「え、そ、そんな、いいんですよ……！　わたしの態度もあの人たちを怒らせるようなものだったのかもしれませんし……。き、きっとわたしが悪かったんだと思います。それに余計なことを言ったら……先生たちにも迷惑をかけちゃいます」

「いや、でもな」

「それに、わたしは、笑ってないと……だめですから……」

「え？」

向日葵（ひまわり）がぽつりと口にした。

「ほ、ほら、い、いいんです。わたしが笑って気にしないようにすれば、みんな波風が立たずに平穏に暮らしていけるんですから。わたしは、みんなの迷惑にならないように、邪魔にならないようにしていないと……いらない子に、なっちゃいます……」

最後の方はほとんど消え入りそうな声だった。

そこで、ようやく思い至った。

——ああ、そうか、この子は〝いい子〟になろうと自分を殺しているんだ。

小さい頃に実の母親を亡（な）くし、それから仕事に子育てにと忙しい父親と二人で生きてきて、向日葵（ひまわり）は〝いい子〟でいるしかなかったんだろう。大人たちの言うことをよく聞き、周りとも衝突せずに、どんな時でもにこにこと向日葵（ひまわり）のように笑って受け入れる。それは一見してみれば理想的といっていいほどの〝いい子〟だろう。

だけどそれは歪（ゆが）んだ〝いい子〟だ。

この子は、まだたった十四歳の女の子だ。本来だったら少しくらいのワガママを言って当たり前だし、反抗期だってある。ワケもなく悪態を吐きたい時だってあるに決まっている。それなのにそれらを全て心の内に押し込めて、笑っている。

そんなのは……ハッキリ言って、異常だ。

「……辛かったな」

「え……？」

俺は目を瞬かせる向日葵に向かって、言った。

「ずっと、周りに余計な心配をかけないように、がんばってきたんだな。お父さんが再婚した時も、弟が生まれた時も、義母ともめた時も、そして今も。でも無理することはないんだぞ。本当に辛い時は泣いていいんだ。心の内をぶちまけていいんだ。向日葵はまだ、小さな女の子なんだから」

「あ……」

その言葉に一瞬だけ向日葵の瞳が揺れる。だけどすぐに取り繕うように、いつもの笑みを浮かべた。

「あ、あはは、何を言ってるんですかぁ。お兄さんの勘違いですよぉ。わたし、別に無理してなんか……」

「――してる」

俺は向日葵の言葉を遮った。「それも少しどころか、かなり」

「そ、そんなことは」

「あるだろ。それに俺は」

「……？」

「向日葵の、お兄さんなんだろう？　だったら、俺の前くらいでは変に強がったりしないでちゃんと弱いところを見せてくれ」

「……っ……」

それが、最後の一押しだった。

向日葵のまん丸い瞳が一気に決壊した。

まるでコップから溢れた水がこぼれるように、ぽろぽろと涙が流れる。

「……ど、どうして……っ……そんなこと……」

「向日葵はいらない子なんかじゃない。両親だって、きっと何か事情があって動かずにいるんだ。それに少なくとも、俺は向日葵のことを必要だと思っている。いっしょにいてほしいと思っている。それだけは、絶対だ」

「……お、お、にい……さ、ん……」

「だから自分で自分のことを、いらない子なんて、言うな」

「……う……うわぁああああああああああん……」

何かから解放されたように、向日葵が声を上げて泣き出した。

それを俺は黙って受け止める。

向日葵の気持ちはよく分かった。

〝いい子〟になろうとする気持ちは、身に染みて理解できた。

だって……俺たちも、少なからず今の向日葵と同じだったから。

望まないまま親戚の家を次々とたらい回しにされて、その先々で厄介者として疎まれる度に、次第に自分の感情を抑えることを覚えてきた。本当の自分を出さずに、周りに迎合して適当にやり過ごすことが、ある意味では最良の選択肢だった。だからこそ、今の向日葵の気持ちはよく分かる。そしてそれが、決していいものではないということも。

――このままじゃダメだ。

向日葵に必要なのは、本当の気持ちを心の内に抑え込むことなく、気を遣うことなく、素の自分を出すことができる環境だ。そのためには、今の隠れたままの生活がいいはずがない。

――向日葵が、成瀬家にいることを認めてもらう。

それも変な引け目を感じることなく、堂々と。

それが今の向日葵にとって、一番必要なことだ。

そのためだったら土下座でも何でもしよう。またたびで酔っ払ったネコの真似をして三回バク宙をしてニャーと鳴けと言われれば、それだって厭わない。

何だって……やってやる！

心に秘めた強い決意とともに、俺は手に持ったままだった馬マスクを強く握りしめた。

6

「……なあ、成瀬、大事な話があるんだ」

「何よ、かしこまって」

放課後になって。

授業が終わるなり向日葵を連れて一目散に成瀬家に戻ると、俺は自室にも戻らずにすぐに莉緒のもとへと向かった。様子を聞きつけた小春も「どうしたのお兄ちゃん、向日葵お姉ちゃん？」と不安そうな顔をしてとてとてと付いてくる。

莉緒は一階の和室で、怪訝な顔をしつつも、応対してくれた。

「実は……〝エルフちゃん〟のことなんだが……」

「……〝エルフちゃん〟がどうしたっていうの？　とうとうオークに捕まって陵辱されでもしたの？」

「違うよ⁉」

いきなり何を言い出すんだ⁉　というかだいぶ偏った知識だな……

ってそんなことは今はどうでもよくて！

今、俺がしなければならないことは……莉緒に〝エルフちゃん〟の真実を話して、向日葵のことを認めてもらうことだ。

俺は莉緒の顔を真正面から見据えて、言った。

「エルフちゃんは……実は、この家に住んでいる同居人なんだよ！　二ヶ月くらい前から隠れて住んでいる、この向日葵っていう中学生の女の子なんだ……！」

俺の後ろに隠れていた向日葵を指し示してそう告白する。

言っちまった……！

とうとう言っちまった。これで果たしてどう状況は変化するか。いい方向に転がるか坂道を転げ落ちる石のように悪い方に流れるか。莉緒は俺の勢いに押されたように目をぱちぱちとさせている。向日葵は緊張しているのかぴくりとも動かない。小春は俺たちの顔を見比べてあわあわとしている。俺はそれを固唾を呑んで見守っていた。

そのまま一分くらい経っただろうか。

やがて莉緒はゆっくりと口を開いた。

「……知ってたわよ」

「え……？」

「……あなたたちがだれかを匿っている件でしょう？　そのことなら、もう知っているわ。一週間くらい前から」

「…………」

……え？

……知って、いた……？

……知っていたって、向日葵のことを……？

意外すぎる返答に状況を整理しきれない俺に、莉緒は呆れたように言った。

「私をバカにしているの？　さすがにあれだけ夜食ばかり食べていたり、洗剤の減りが早かったり、おかしなシャワーの使い方をしていれば気付くわ。それに、小春ちゃんの様子も何となくおかしかったしね。極めつけがあの〝エルフちゃん〟のタコパの一件よ。あれで確信したわ。だれか一人、同居人が増えているって」

いや俺たちが住み着き始めた頃はまったくもって気付いてなかったじゃないか……という突っ込みは置いておくとして。

「知ってたなら、どうして今まで……」

「……ふん、あなたたちがいつ自分から言ってくるのかと思って。思ったよりも、遅かったみたいだけれど」

ジロリと睨んでくる。う、それはいつまでも黙っていたのは悪かったと思っているが……

だが何にせよ、知っていたというのなら、話は早い。

俺は一歩前に出て、続けた。

「だったら……頼みがあるんだ」

「頼み？」

「ああ。──成瀬(なるせ)」

莉緒(りお)の方に改めて向き直ると、俺は膝に手をついてこう言った。

「彼女を──向日葵(ひまわり)をここの同居人として認めてほしいんだ！」

「……この子を？　同居人として？」

「あ、ああ。〝エルフちゃん〟としてだけじゃなくて、俺たちと同じようにちゃんとしたこの家の同居人として、認めてほしいんだよ……！」

もちろん〝エルフちゃん〟であることはそのままで構わない。俺たちが〝妖精さん〟であるように。だけどこれまでのようにこそこそと隠れることなく、ちゃんと一人の個人として存在を認めた上で、この家の中では向日葵(ひまわり)が少しでも本当の気持ちを出すことができるようにしてやってほしい。

それが俺の願いであり、頼みだった。

「……もちろん、成瀬の気持ちからしてそんな簡単に認められるものじゃないってのは分かってる。気が進まないだろうし、同居人が増えるってことに対して抵抗はあるとは思う」

「……」

「だけどそこを何とか頼めないか……？　俺にできることなら何でもするし、成瀬の言うことは何でも聞く。だから……」

「……いいわよ」

「……分かってる。おいそれと承諾できないのは、成瀬としては当然の意見だと思う。それに居候の俺たちがこんなことを頼むのは図々しいっていうのも分かってる。だけどこれは彼女の向日葵のために絶対に必要なことであって……って、いいわよ？」

莉緒の顔を見る。

「……だから、分かったって言ったのよ。同居を、認めてあげるわ」

「え……」

莉緒が何と言っているのか、一瞬頭に入ってこなかった。

分かった……？　同居を認める……？　え、てことは、晴れて向日葵もこの成瀬家の一員として住んでいいってことなのか？

「え、ほ、本当に……？」

「……くどいわね。何度も言わせないで」

莉緒が腕を組みながら言う。

どうやら……本当みたいだ。

思わず身体から力が抜ける。何だか拍子抜けだった。間違いなく莉緒は拒否すると思っていた。だから何とかして彼女を説得するためのパターンを五通りは考えてきたっていうのに……もしかして、莉緒の他人に対する警戒心が少し薄れたりしたんだろうか。

だがそんな俺の内心を見透かしたかのように、莉緒は続けた。

「……勘違いしないで。だれでもいいってわけじゃないわ。というよりも、だれでもイヤよ、基本的には」

「だ、だったら……」

「それは、気が進まないのは確かよ。瀬尾くんたち以外の人間は……正直、信用できない。それは変わらない。でも、瀬尾くんがいいと思ったんでしょう。この子のことを、同居に値する相手だって認めたんでしょう？　それなら私は、その事実を信じるわ。〝家族〟であるあなたが認めた事実を。この子を信じるんじゃない。この子を認めた瀬尾くんを信じるの」

「……」

……俺は、もしかしたら大きな誤解をしていたのかもしれない。

こいつは……莉緒は、すごいやつだ。

たとえ俺が逆の立場だったとして、ここまで無条件に相手に心を預けることができるだろうか。何か無茶なことを言われた時に、莉緒の信じているものを百パーセント手放しで信じることができるだろうか。いや、できないに違いない。きっとどこかでためらいが生じてしまうだろう。それができる莉緒は……本当に懐が広いと言わざるを得ない。

そして……同時に自分のしていたことが恥ずかしくなった。

莉緒は俺のことを認めてくれていた。〝家族〟として認めて、信頼してくれていた。それなのに俺は、その莉緒を信じ切ることができなかった。それは……どんな時でも彼女の味方であるはずの〝妖精さん〟失格と言われても仕方のないかもしれないほどの落ち度だ。

「成瀬……悪かった！」

「……」

俺は莉緒に深々と頭を下げた。

「俺が間違ってた！　莉緒には最初からきちんと話して協力を仰ぐべきだった！　それが筋だったし、そうするべきだった。俺は……馬鹿だ」

「わ、わたしも……ごめんなさいっ、莉緒お姉ちゃん……！」

小春もいっしょになって頭を下げる。謝ったって許してもらえることじゃないかもしれない。だけどそうしないわけにはいかなかった。

「……もう、いいわ」

莉緒が、ふぅと息を吐く。

　そして組んでいた腕を解きながら俺たちの顔を見て、言った。

「……ちょっと遅かったけれど、結果としてあなたは自分から話してくれた。私を信頼してくれる気になった。それでいい。それだけで十分よ」

「成瀬……」

「それに……確かにこの子は、放ってはおけないかもしれないしね」

　俺の後ろでびくりと身体を震わせる向日葵を見て、莉緒が声を低くする。

　向日葵の事情を、莉緒はおおむね理解しているようだった。俺たちが向日葵を匿っている状況と〝エルフちゃん〟の話からだいたいのことを推察したらしい。さすがに成績クラストップの頭だけはあるな……

「……ただし、一つだけ条件があるわ」

　と、莉緒が言った。

「条件？」

「ええ、そうよ。この子の同居を認めるための条件。それが呑めなければ、この話はなしよ。いいえ、それどころか、あなたをこの家から追放するところまであるかもしれない……」

「……っ。わ、分かった、何でも言ってくれ」

　ゴクリとツバを飲みこむ。

　む、むう、とうとうきたか。それはこのまま何もなしに全部がうまくいくなんて虫が良すぎる話だ。逆立ちをして鼻からスパゲッティを食べろと言うのならペペロンチーノだって食べてみせるし、十回回ってニャーと鳴けと言うのならトリプルアクセルをした後にニャオーン！と遠吠えしてみせる。それくらいの覚悟でそう答えたものの、

莉緒から返ってきた言葉は、

「……わ、私のことも、名前で呼びなさい……」

「…………は？」

小さくてよく聞こえなかったんだが……

「……だ、だから、私のことも名前で、莉緒と呼びなさいって言ったの。その子だけ名前で呼んで、私は名字だなんて、不公平じゃない……。か、〝家族〟なんだから、それが自然でしょう」

「……」

……え、そんなのでいいのか？

もっと莉緒様と呼ぶようにとかこれから一ヶ月は犬扱いとか語尾に〝にゃん〟をつけろとか、そういう過酷なのを予想してたんだが。

「……い、いいのよ。それとも、イヤなの？」

「え、イヤなんてことはないが」

「……じゃあ、そうしなさい」

何だかよく分からんが、それでいいというのならそれに越したことはない。莉緒を名前で呼ぶことくらい、朝飯前だ。

俺は改めて莉緒の方に向き直って、こう口にした。

「分かった。よろしくな、莉緒」

「……っ……！」

一瞬、莉緒の顔が熟したトマトみたいに真っ赤になる。

「……や、やればできるじゃない。そ、それでいいのよ」

「ん、ああ」

何だかよく分からないが、これで解決ならよかった。あまりにすんなりといきすぎて、本当にこれで大丈夫なのかと思うところではあるが。

ともあれこれで一件落着だ。

向日葵が新たに成瀬家の一員となることは認められたし、莉緒にも謝ることができた。莉緒の条件も呑むことができた。目下のところとりあえず解決しなければならないことは残っていないはずだ。

と、思ったのだが。

「それじゃあ行くわよ」

立ち上がった莉緒が、俺たちの顔を見ながらそんなことを言った。

「？　行くって、どこに？」

首を傾ける俺に、莉緒は迷いのない表情でこう言ったのだった。

「――決まっているでしょう。その子の、家よ」

7

向日葵の家は、成瀬家から歩いて三十分ほど離れた住宅地にあった。

閑静な高台にあって、いかにも裕福そうな家族が住んでいそうな雰囲気のベッドタウン。そこに佐藤家はあるという。

「あ、あの……わたしの家に行って、どうするんでしょうか……？」

おずおずと向日葵が尋ねる。

「決まっているでしょう。一言文句を言ってやるのよ」

「え……？」

「どんな事情があるとはいえ、仮にも娘に手を上げる母親は許せない。そこに血が繋がっているいないは関係ないわ。それに、娘が家出をしているっていうのにロクに探しもしない父親の方も気に入らない。……折檻してやらないとね」

「え？　え？」

莉緒は怒っているみたいだった。

それが直接向日葵の両親に対してなのか、もしくはその向こうにある何かに対してなのか、あるいはその両方なのかは分からない。だけどとにかく見て分かるくらいに怒り心頭だった。

やがて俺たちは向日葵宅へと辿り着いた。

「……ここね？」

「…………」

「あ、は、はい」

「あ」

戸惑う顔の向日葵を横目に、莉緒が無言でインターホンを鳴らした。

しばしの静寂があって、中から若い女の人が姿を現した。

「はい、どちらさまですか？」

「え、え。ええと、あの……」

「……え、あなた……向日葵、なの……？」

「み、美奈さん……」

向日葵（ひまわり）が戸惑ったような声を上げる。

その反応からしておそらくはこの人が向日葵（ひまわり）の父親の再婚相手、継母（まはは）か……

「……」

「……」

「……」

二人とも、向かい合ったまま何も話さない。

ただお互いにお互いの距離を測るかのように、無言で見つめ合っている。

相手が相手だけにヘタに俺たちが口を出すわけにもいかず様子を見ていると、騒ぎを聞きつけたのか、家の中から白髪混じりの四十代くらいのおっさんがやって来た。

「どうした美奈（みな）、お客さんか？　だれが来ていて……っ、向日葵（ひまわり）か！」

「お、お父さん……」

向日葵（ひまわり）が不安げな顔になる。

「やっぱりそうか！　今までどうしていたんだ！　家にも戻らずにフラフラと……！」

「あ、ええと、今はこの方たちの家でお世話になっていて……」

「……この人たちの家で？」

ジロリと俺たちのことを睨（にら）む。

それはこれまで散々たらい回された先で向けられた親戚たちの目とどこか似た光を放ってい

て、胸の奥に嫌な味が広がった。

「……その人たちはだれなんだ？　中学の友達か？」

「あ、い、いえ、そういうわけではなくて、その、最近知り合った人たちで……」

「最近知り合った人たちだって……？　そんなうさんくさい連中といっしょにいるのか！　向日葵、どうしてしまったんだ？　お前はこんな子じゃなかったはずだろう？　もっと素直で聞き分けのいい子だったはずだ。それがどうしてこんな……」

「……」

「もしかしてそいつらに何か言われたのか？　くだらないことをそそのかされたのか？　だったらそんなことはすぐに忘れなさい。さあ、いつものいい子になって戻ってくるんだ。そうじゃないと、お前はいらない子になってしまうよ」

「……っ……！」

向日葵の身体がびくりと強ばるのが分かった。

ぎゅっと目をつむって、今にも泣き出しそうな顔をしている。

……ああ、なるほど。そういうことか。向日葵が〝いらない子〟という言葉に過敏に反応したのはこういうわけか。あの時言われたのが初めてじゃなかった……と。というよりもこの様子じゃほとんど日常的にか。この父親としてはおそらくは大した含みもなく言っているんだろう。だけどそれが子どもの心にどういう影響を与えているのかまったく自覚していない。無知だからといってその行いの全てが許されるわけじゃないっていうのに。

「……」

不安そうに向日葵がこっちを見上げてくる。俺は向日葵の顔を見返すと、「大丈夫だ、お兄ちゃんがついてる」と言って、その小さな手をぎゅっと握り返した。

それを受けて、何かの覚悟を決めるように向日葵が小さくうなずいた。

「ん、どうした、向日葵？」

「……とうは……らい……」

向日葵が、絞り出すようにそう口にした。

「ん？　なんだい？　お父さんによく聞こえるように話してごらん」

「……ほんとうは……きらい……」

「んん？」

耳を傾ける父親に、向日葵は力いっぱい叫んだ。

「……ほんとうは、きらい……って、言ったの……！」

「え……？」

「……ほんとうは、美奈さんなんて、きらい！　ううん、美奈さんだけじゃない、和樹も、わたしが苦しんでいるのにぜんぜん気づいてくれないお父さんも……みんなみんな、きらいだった……！」

「ひ、向日葵……？」

「どうしてわたしだけなの？　どうしてわたしだけが遠慮しなきゃいけないの？　お父さんが幸せになりたいのは分かる、弟がかわいいのも分かる……でも、そのためにわたしが一人でがまんしなきゃいけないのは、どうして……？　そうしなきゃわたしはいらない子なの……？この家にいちゃいけないの……？　わたしの幸せは……どうしたらいいの……っ……！」

涙を浮かべながら叫ぶ向日葵。

これまでのどんな時にでも保たれていた笑顔はそこには欠片もない。〝いい子〟という仮面を剝ぎ取った、ただの小さな女の子である向日葵の本当の声だ。

だけど父親はそれを受け入れることができないのか、首を振って声を震わせる。

「な、何を言っているんだ……？　お前はそんなことを言う子じゃなかっただろう？　そ、そうか、だれかに、そいつらに言わされているのか、向日葵……！」

その言葉に向日葵がぶんぶんと首を振る。

「お、お父さん……ちがう、ちがうよ……！　わたしは本当にそう思って……！」

「う、うるさい！　あんなに〝いい子〟だった向日葵がそんなことを言うはずないだろう！　こいつらに言わされているに決まっている……！」

子どものようにわめく父親。

まるで聞く耳を持とうとしない。

その父親に、莉緒が冷ややかな声でぽつりと言った。


「……あなた、馬鹿なの？」


「な、何だと……？」

父親の顔色が変わる。

「……そんな風に、娘の本当の気持ちからずっと目を逸らし続けてきたのね。この子はこんなはずじゃない、この子はワガママなんて言わない、〝いい子〟だって。そうしてそれ以外の行動を認めない、見ようとしない。そんな日々を続けてきた。そんなもの、一方的な幻想で押し付けにすぎないっていうのに。本当の子どもの姿を見ようとしないことは……子どもを捨てているのと同じことなのよ」

「な、何を子どものくせに分かったようなことを……！」

父親がいきり立つ。

「ふん、図星を突かれたからといって子ども扱い？　馬鹿な大人にありがちな短絡的反応ね」

「お、お前に、お前などに何が分かるというんだ……！」

「分かるわ」

莉緒(りお)はきっぱりと言った。

「だって私も、この子と同じように〝いい子〟を演じ続けていたから」


「なん、だと……？」

父親の声がピタリと止まる。

「私は昔、この子と同じように大人たちの前で〝いい子〟であり続けたの。ワガママを言わず、周りの大人たちの言うことに逆らわず、波風を立てないように生きていく。そうしないと、居場所がなかったから。だけどその毎日は、辛いことばかりだったわ。本当の自分が、少しずつ死んでいくような気さえした。だって〝いい子〟である私以外は、親に求められていないと分かっていたから」

莉緒(りお)にそんな過去が……？

にわかには信じられないものの、だけどそこで思い至る。俺は莉緒(りお)のことを何も知らない。どうして両親や家族がいないのか、どうしてあんな広い家に一人で住んでいたのか。だとしたら、その知らない部分にそういった過去が含まれていたとしても不思議ではない。それに確か前に橘(たちばな)さんから聞いた話では、莉緒(りお)は中学までは天然で人当たりのいいキャラだとのことだった。それがもしも〝いい子〟であり続けていたことの結果であり呪縛であるとしたら……

　何と言っていいか、言うべき言葉が分からない。

　父親も莉緒の言葉にどう反論していいか分からないようで口をパクパクとさせたまま沈黙し、
　だれもが押し黙り言葉を失うそんな中、

「……そう、それがあなたの、本音なのね」

　それまで沈黙を続けていた母親が、口を開いた。

「美奈、さん……？」

「……そう、そうなのね……」

　その声は、向日葵を責めるというよりもどこか安堵を含んだものだった。

「……私は、ずっとあなたが、怖かったの」

「わたし、が……？」

「……ええ。あなたは何を頼んでも、何を言っても、イヤな顔一つしないで、笑顔で対応してくれた。ワガママを言って困らせるようなことはなかったし、和樹の世話も自分から買ってでてくれた。とても〝いい子〟だった。もちろんそれは嬉しかったわ。あなたとは仲良くやっていきたかったし、私も母親として認められたのかと思った。でも……」

「……」

「全てを受け入れて肯定してくれるってことは、全てを否定しているのとそう変わりはないことなのよ。あなたは笑みを浮かべていても、裏では私のことを母親として認めてくれていないんじゃないか、和樹のことも邪魔者だと思っているんじゃないか。そんな疑念が消えなかった。もちろんそれは私が弱いっていうのもあると思う。でもあなたの感情が読めなかった。何を考えているのか分からなかった。だから……怖かったの」

「美奈、さん……」

「ごめん、なさい……あなたが分からなくて、怖くて、ずっと悩んでいた。その鬱積が、たまった疑念の澱が、和樹の怪我の件で抑えきれなくなってしまった。本当は、そんなことをするつもりはなかったのに……あなたの母親でありたかったのに……」

「……」

「……ごめん、なさい……」

そう言って泣き崩れる母親。その姿はとても弱々しく、とても向日葵に対して暴力や暴言をぶつけていた人間には見えなくて……

何のことはない。

向日葵も、この母親も、どちらもお互いに気を遣って遠慮し合っていただけという話だ。その結果、抑えた感情が爆発してしまい、今回のような事態となってしまった。それはとても不幸な巡り合わせだ。

「……今回は、あなたの本当の気持ちが聞けてよかった。まだ時間はかかるかもしれないけれど……これをきっかけに、私たちは本当の家族になれる日が来るかもしれない、四人で笑い合える時がくるかもしれない。そう希望を持つことができたから……」

「美奈さん……」

顔をうつむかせたままの母親に、向日葵が手を伸ばしかけて、そっと止めた。

今はまだ無理なのかもしれない。だけどいつかはきっと、その手を伸ばすことができる時が来るだろう。

それが分かっただけでも、ここまで来た甲斐があるというものだった。

「え……？　え……？　な、何がどういうことなんだ？　ひ、向日葵？　美奈？」

ちなみに父親だけが状況を飲み込めずに、向日葵たちの顔を見回しながらあたふたとするばかりだった。

8

「それじゃあ向日葵お姉ちゃんが〝いい子〟を卒業したのをお祝いして、かんぱーい！」

「「かんぱい！」」

一階の和室でテーブルを囲んで。

小春のそんな楽しげな声でジュースの入ったコップが打ち鳴らされた。

「あ、え、ええと、この度はいろいろとありがとうございました。そして、その、これからよろしくお願いいたします……っ」

「……まあ、〝エルフちゃん〟は気楽にしていればいいわよ。雑用や力仕事はこっちの〝妖精さん〟に主にやってもらうから」

「よろしくね、向日葵お姉ちゃん」

「よろしくな」

「は、はい……っ」

向日葵の家から成瀬家へと帰宅して。

結論として、向日葵はこれからも成瀬家でいっしょに生活していくことになった。

向日葵の家出がお互いのすれ違いから生じたものだとは分かったものの、やはりすぐに元の関係に戻るのは難しいとのことだった。向日葵をお願いしますと、母親に頭を下げられた。父親もよく分からない顔ながらもそれに従っていた。きっと父親も悪い人間ではないんだと思う。ただ少しばかり思いやりと、周りに対する思慮が足りなかっただけなのだ。

「でも向日葵、よくあの場面で親父さんにちゃんと自分の気持ちが言えたな。偉かったぞ」

今までずっと〝いい子〟でいた相手に反抗するなんてしんどかっただったろうに、毅然と言ってのけた。あの向日葵の言葉がなかったら、きっと母親たちと分かり合うのにもっと時間がかかったに違いない。

「あ、それは……」

「？」

「え、えと、それは……お兄さんのおかげです」

「え？」

俺の……？

向日葵がこくりとうなずく。

「お兄さんが、手を握っていてくれてたから……いらない子なんかじゃないって言ってくれたから、わたしは勇気を持つことができたんです。そうじゃなかったら、きっと今も〝いい子〟のままで苦しんでいたと思います。だから……ありがとうございます」

「や、俺はそんな……」

だけど向日葵はふるふると首を振る。

「ううん……お兄さんの、おかげです。あの時お兄さんが手を離さないでいてくれたから……わたしは〝いい子〟を捨てることができたんだと思います。お兄さんたちが……〝家族〟が、隣で見守ってくれていると、信じることができたから……」

「〝家族〟、か……」

結局、そういうことなんだろう。

あの父親母親、弟とは、向日葵は本当の意味では〝家族〟じゃなかった。

〝家族〟と言えるかどうかは、互いが互いを想う心……絆によって決められるものなのだ。

そういった意味では、この俺たちの同居関係はそれなりに〝家族〟といっていいものなんじゃないかと、俺は思う。あとはこの関係を、少しずつでも育てていけばいいだけで。何と言っても『幸せ二世帯同居計画』なんだからな。

そんなことを思っていると、向日葵が少しだけ遠慮がちにこんなことを言ってきた。

「あ、あの……お兄さん……ちょっとかがんでもらえますか？」

「かがむ？」

「あ、は、はい～」

「ん？」

何だろうな？

言われた通りにかがむ。

すると横で向日葵が背伸びをする気配がして、直後に頬に少しだけ柔らかい何かが触れた。

……い、今のは？

「そ、その……きょ、今日のこととか、色々なことを引っくるめての、〝エルフちゃん〟からの、お礼ですぅ……！」

向日葵がぎゅっと目をつむりながら言う。

「え、え……？」

「ひ、向日葵ちゃん……あなた、意外と大胆ね……」

「あ、あわあわあわあわ……」

莉緒が目を丸くして、小春があわあわと身体を震わせる。

そんな中、向日葵は少し恥ずかしそうに、

「わたし……もう〝いい子〟じゃないですから」

そう言って、笑ったのだった。

SHIAWASE
NISETAI
DOUKYO KEIKAKU
幸せ二世帯同居計画 ～妖精さんのお話～
第三話
『ホームセンターと
ムーミンと鍋』

0

向日葵を加えた『幸せ二世帯同居計画』――もとい三世帯になった『幸せ二世帯同居計画＋一』の続行から一週間が経った。

莉緒、向日葵、小春、俺の四人は、〝家族〟として一つ屋根の下でいっしょに暮らしていた。

〝妖精さん〟身バレの件と〝エルフちゃん身請け〟の件を経て、よりいっそう絆が深まったような気がした俺たちは、最初に隠れ住んでいた二階の和室を正式に自室として使用できることとなり、その隣は向日葵の部屋としてあてがわれることになった。

表札も、『成瀬』の横に『瀬尾』『佐藤』を付け足してくれた。

さらには庭に旗を立てたりもした。高さ三メートルほどの手作りの旗。〝家族〟のシンボルとして立てようということになったのだ。何だって旗なのかと疑問に思うかもしれないが、まあその辺には莉緒の趣味（「やっぱりその家のシンボルを示す御印と言えば旗でしょう、旗！」）が大きく影響しているんだよ。

とまあそんな風に成瀬家の三世帯住宅化は着々と進められていき、今のところ全ては順調に進んでいるように見えた。……のだが。

ただ、一つだけ問題があった。

それは何かというと……

「よ、おはよう、莉緒（りお）」

階段を下りたところで出くわした莉緒（りお）にそう声をかける。

朝の挨拶は〝家族〟としての大切なコミュニケーションの一環だ。だから俺としては最大限フレンドリーな笑顔を向けたつもりなんだが。

「……お、おはよう」

返ってきたのはそんな微妙な反応。

「今日は英語の小テストがあるみたいだな。全然勉強してないからやばいかもしれん。ま、いつものことなんだけどな」

「……そ、そうね、いつものことね。いつもすぎて特に感想が浮かばないわ。あ、そ、そうだ、私、顔を洗ってこないと」

「あ」

そう言うと、莉緒（りお）はそそくさと洗面所へと消えていった。

水の入ったペットボトルを前にしたネコのような素早さだった。

「…………」

……そう、問題というのはこれ。

莉緒の様子が、なんかヘンなのだ。

何だかそっけないというか、態度がよそよそしい。まあもともと莉緒はそんなに愛想のいい方じゃないし、これはデフォルトなのかな……と思うものの。

「おはようございます、莉緒さんっ」

「あらおはよう、小春ちゃん。今日もかわいいわね」

「え、そ、そんな……あ、ありがとうございます、えへへ」

「あ、お、おはようございます、莉緒さん」

「おはよう、向日葵ちゃん。お腹は空いてない？」

「え？　あ、空いてますぅ」

「そう。今日の朝ご飯はオムレツとフランクフルトよ。たくさん食べなさい」

「あ、はぁい♪」

小春と向日葵とは普通に仲良く話してるんだよな。

俺と接する時だけ、何だかやたらと挙動不審になるのである。

とはいえ全ての場面でそういうわけじゃなくて、〝妖精さん〟として話している時には今までと同じように普通に接してくれる（深夜の〝妖精さん〟会議は今も継続されてるんだよ）。

うーむ、これは一体どういうことなのか。

さっぱり分からなかったので、小春たちに相談してみた。

　すると五歳年下の妹（小学生）は、そんなことも分からないのお兄ちゃん……？　という顔でこう言ってきたのだ。

「莉緒さんはね、照れてるんだよ」

「照れてる……？」

「うん、そう。ほら、考えてもみて、今までクラスメイトだった相手が、一つ屋根の下でいっしょに暮らしてるんだよ？　それも異性の。しかも自分のことを名前で呼ぶようになったばっかりだし。照れたり緊張したりしない方がめずらしいんじゃないかな」

「え、でも俺は特に何も感じないんだが……」

「お兄ちゃんは図太いんだよ。コンクリートの隙間からでもたくましく咲く絶対に枯れないぺんぺん草みたいに」

　それは若干お兄ちゃんをバカにしていないかい、妹よ……

　向日葵も横でうんうんとうなずいているし……

「とにかく莉緒さんは慣れない環境に戸惑ってるんだと思う。だからお兄ちゃんとは、何となく意識しちゃって普通に接することができないんだよ」

「……うーん」

　そんな細かいことを気にする性格だったのか。もっと大ざっぱというか、唯我独尊なキャラだと思ってたんだが……

そんな俺の感想に、

「お兄ちゃん、乙女心をぜんぜんわかってないよ~。乙女心は、繊細で複雑で、デリケートなんだから」

「うぐ」

乙女心と言われてしまうと何も反論できない。生まれた時からもこれからも持ち合わせることがないと思われるものだけに。

とはいえこのまま莉緒と気まずい感じなのも何となくいっしょに生活をしていく上でやりにくい。何とか解決できないものなのだろうか。

すると小春が、

「よ~し、分かった。ここは小春がお兄ちゃんと莉緒さんのためにひとはだ脱ぐね!」

「え?」

「まかせておいて!」

どんと胸を叩いて、そう言ったのだった。

ううん、不安だ……

1

次の日曜日。

俺は……なぜか莉緒と二人で、ホームセンターにいた。

成瀬家から徒歩と電車で三十分ほど行ったところにある、この辺りでは大きなショッピングモールの中に併設されたホームセンター。どうしてそんなところにいるのかというと、小春に買いものを頼まれたからである。

『えっとね、庭の柿の木の上に鳥さんの巣箱を作りたいの。だからそれの買いものを二人にお願いしてもいいかな?』

とのことだった。

小春の用事なのに何だって小春本人は来ないのだとか、どうして急に鳥の巣箱なんだとか、疑問は色々とあっただろうに、小春のやつには甘い莉緒である。訝しみながらも特に文句を言うことなく笑顔で引き受けてくれた。

「それにしても……鳥の巣箱なんて作って何をしようというのかしら」

ホームセンターの前で、莉緒がそうつぶやいた。

「え、そりゃあ、小鳥たちを庭に集めたいんだろ」

「集めてどうするの？　食べるの？」

「食べるか！　観賞用だろ、たぶん」

その言葉に「ふぅん」と興味なさそうに返事をする莉緒。鳥にはあんまり関心がないみたいだ。

「それにしてもホームセンターか。久しぶりに来たな」

様々な商品がこれでもかと言わんばかりに棚に並べられた光景を見て、そんな感想が口から漏れる。

ホームセンターには昔からよく来ていた。ここに来れば大抵の物が揃う上に、ラインナップも豊富で見ていて楽しい。そして何より安い。ホームセンターは庶民の強い味方なのだ。

「さて、鳥の巣箱ってことは木材と釘とかだよな。あとはヒモと接着剤、ノコギリとかもあった方がいいか……ん？」

「……」

と、そこで気付いた。

隣で周りにちらちらと視線を送っている莉緒。

そのいつもは基本的にクールなたたずまいを崩さない彼女が……何だか妙にうずうずとした表情をしていた。

それは宝の山を前にしたトレジャーハンターのような顔つきであり……

……ああ、分かる、分かるぞ、お前もこっち側の人間か！

世の中には二通りの人種しかいない。すなわちホームセンターに来て興奮する人間と、しない人間だ。当然前者である俺には、莉緒の高ぶりがよく理解できた。

「そうか、莉緒も仲間だったのか……！」

「な、何よ、それ……？」

「いいから、みなまで言うなって。分かってるから。それじゃあとりあえず色々と回ってみるか！　せっかく来たんだからかたっぱしから探索しないとな」

「……そうね、それに異論はないわ」

「よし、行こう」

「ええ」

そううなずき合ってホームセンター内を回り始める。

日曜日ということもあり、ホームセンターはそれなりに混み合っていた。

駐車場はほぼいっぱいで、通路を歩いていると頻繁に人を避けなければならないくらいの混雑具合。しかし混み合うということは、それだけ店側も品揃えも強化してくるということであり、決して悪いことばかりではない。うーん、やっぱり見ているだけでワクワクしてくるな。

それは莉緒も同じようで、めったに見せない子どもみたいなキラキラとした目で辺りを見回している。

「ふ、ふぅん、なかなかいい品揃えじゃない。悪くないわ」

「ああ、見応えがあるな」

「あ、わ、私は別に、豊富に揃った見ているだけで楽しそうなこのホームセンターならではの先鋭的かつバラエティに溢れたラインナップを見てわくわくしたりしているわけじゃないんだから！　勘違いしないでよね！」

「お、トマトの鉢植えか……これ、よくないか？」

「ん、どれよ？」

「ほら、これ」

ふと見かけた野菜の鉢植えに目を奪われてしまう。

ついつい目的とは関係のないものにまで目が行ってしまうのが、ホームセンターの恐ろしさである。

「うち、庭が広いから、野菜とかを植えて育てるのも楽しくないか？　家庭菜園みたいな感じに。食費の節約にもなるだろうし」

「ふぅん、悪くないわね」

「だろ？　それじゃあトマトとキュウリとレタスと……お、ミントとかのハーブ系もあるのか」

スペアミントの鉢植えを手に取りかけた俺に、莉緒がぼそりと言った。

「……ミントは怖いわよ」

「え？」

「繁殖力が半端じゃないのよ。聞いた話だと、余ったミントの苗を庭に投げ捨てておいたら、一ヶ月後には他の植物が全て駆逐されて、庭がミントで覆い尽くされていたって」

「そうなのか？」

「ええ、やつらは虎視眈々とこの地上を支配する日を狙っているもの……」

なんかミントにイヤな思い出でもあるのかね……？

そんなやり取りをしながら、目的の木材のコーナーへと辿り着く。

「鳥の巣箱か……どれがいいんだろうな」

「あれとかいいんじゃない？　ほら、入り口が狭いから一度入ったら抜けられなそうだし、中が広いから罠を入れるのにもちょうどいいわ」

「だから獲るためのものじゃないって……」

そう言い合いながら木材の棚を見ていく。

ちなみに今日の莉緒は、オフホワイトのニットにカーディガン、淡いクリーム色のスカートという服装だった。もともとの整いまくった顔立ちとも相まって、率直に言ってかわいらしい以外の何ものでもない。本当に、これで対人関係に問題があったり、鳥の巣箱の話になって「食べるの？」とか言い出さなければ文句なしなんだけどな。

そんなことを考えていると、ふと周りから視線を感じた。

何だと思い辺りを見渡して、すぐにその正体に気付く。莉緒を見る通行人の視線だった。

「なあ、あの子かわいくない？」「うん、すっげぇきれい」「モデルか何かかな……？」なんて声も聞こえてくる。ああ、うん、やっぱり見た目は可愛いもんな、莉緒。

「ねえ、ところで隣にいる人相の悪い男は何なの？」「マネージャーとか？」「ストーカーじゃね？」

ちなみに俺のことはそんな扱いだった。くそう……


目的の鳥の巣箱に使う木材を選んで、カゴの中に放り込む。

カゴの中はすでに、木材や工具セットなどの当初の目的であった物、目的とはまるで関係のない鉢植えなど、たくさんの物で溢れかえっていた。

「ちょっと……買いすぎたかもしれないな」

どうしても余計なものを買ってしまうのがホームセンタートラップだ。腹筋をシックスパックにするマシーンとか、どう考えてもいらんよな……

「どれかは諦めて戻してくるしかないか。莉緒はどう思う……ん？」

ふと横を見ると、莉緒の姿が見当たらなくなっていた。ん、どこに行ったんだ？　迷子にでもなったのか？　だが辺りを見回すと、すぐに見つかった。

センター内の奥まった場所にあるガラス張りのペットコーナー。

莉緒はそこにいた。

仔猫が入れられたディスプレイの前で何かをしているようである。

「おーい、莉緒——」

声をかけかけて……そこであるものを目撃してしまった。

「——あら、かわいいにゃんこね。いい毛並みをしているじゃない」

「にゃ〜」

「ふふふ、にゃんですか？　遊んでほしいのかにゃ？　しょうがないにゃんこですねー」

「にゃお〜ん」

「よしよし、いいこいいこ、ごろんごろんしてみにゃさい？　うん、よしよし。うちの子になるにゃん？」

「…………」

……どうしよう。

……見なかったことにした方がいいんだろうか。

筆舌に尽くしがたい驚愕の光景に思考が半ば停止していると、莉緒がふいにこっちを見た。

「！」

ぱっちり目が合う。

その瞬間、莉緒の顔が、茹で上がったオマール海老みたいに真っ赤になった。

「……っ！　み、見た、の……！」

「え？　いや、その……」

「……見たの、ね……」

地獄の底から響いてくるような声とともに、その右手が近くにあったトンカチへと伸びる。

いや、どうするつもりなんですか……？

「……決まっているでしょう。目撃者は消す。それが戦場の基本よ……！」

「こ、ここは平和な日本だろうが！」

「あらゆる場所は、いつだって戦場になる可能性をはらんでいるものよ……！」

「何を傭兵みたいなこと言ってるんだ……！」

とりあえず今見たものは全て忘れると約束して、何とかその場は切り抜けた。ていうか莉緒、目がマジだったぞ……

トンカチが元の場所に戻されるのを確実に確認して、俺は言った。

「莉緒は、にゃん——ネコ、好きなのか？」

「そうね。ネコっていうか、動物は好きよ。裏表がないから」

ショーケースの向こう側に笑みを送りながらそう言う。

その表情は、この上なく真っ直ぐなものだった。

「そういえば、あのネコはどうしたんだ？　体育倉庫で世話をしてた」

「山辺先生の紹介で、ネコを欲しがっていた家にもらわれていったわ。今頃は私のことなんて忘れて、温かい家庭で楽しく暮らしているんじゃないかしら。……いいわね、迎えてくれる家族がいるのは」

どこか遠くを見るような目でそうつぶやく。

その様子は……少しだけ寂しそうだった。

2

買いものを済ませた俺たちは、昼飯を食べるためにホームセンターに併設されているフードコートへと向かった。

「何を食べる？」

「そうね……焼き鳥かしら」

「え？」

「動物は好きよ。……（味に）裏表がないから」

「ひいっ」

何言い出すのこの人⁉

おののく俺に、呆れた声で莉緒は言った。

「冗談よ。適当に何か食べましょう」

フードコートのラインナップを見た結果、莉緒は海鮮丼、俺はカレーライスを食べることにした。

テーブルに座って、莉緒と向かい合いながらカレーライスを食べる。そういえば、こうやって莉緒と二人きりで食事をするのは、〝妖精さん〟として以外では初めてのことだ。家では小春か向日葵が常にいっしょにいたからな。

莉緒は黙々とイカの刺身を食べていた。

一本一本細い切り身を取り分けて、器用にその小さな口に運んでいる。

「莉緒、箸の使い方がきれいだな」

「な、何よ、突然」

「ん、いや前から思ってたんだ。魚の塩焼きとかきれいに食べてるって」

「！　な、何よ、ヘンなことを言ってると闇討ちするわよ！」

顔を真っ赤にしながらそう言う。前々から何となくそんな気はしていたが、莉緒は褒められるのに弱いのかもしれない。というか似たようなことを〝妖精さん〟として言った時には、素直に「ありがとう」と喜んでたのになあ……

そんなことを思いながら、カレーのジャガイモを口に運んでいた時だった。

「うわぁあああああああん……！」

「？」

ふいに大きな泣き声が耳に飛びこんできた。

見てみるとそこには五歳くらいの小さな女の子の姿。両親とはぐれてしまったのだろうか。

「おとうさん、おかあさぁん……！」と大声を上げている。もう見るからに明らかな迷子だ。

だけど面倒を抱え込むのはイヤなのか、だれも女の子に声をかけようとしない。

ったく、都会はコンクリートジャングルだな……

「……」

「あ、ちょっと、瀬尾くん……？」

俺は席から立ち上がると、女の子に声をかけた。

「どうしたんだ？　お父さんとお母さんとはぐれちゃったのか？」

「うわぁああああああああああああん……」

「う、な、名前は？　歳は？　お父さんとお母さんとはどこではぐれて……？」

「うわぁああああああああああああああああああん……！」

できる限り優しい口調で質問するも全然泣き止もうとしない。それどころかいっそう激しく声を上げて泣き始める。周りからは「……何あれ、子どもをいじめてるの？」「しっ、見ちゃいけません」「お店の人、呼んできた方がいいんじゃないか……？」なんて声まで聞こえてきやがる。くそう、この子が泣いていた時はだれ一人助けようとしなかったくせに文句だけは一丁前だな。ていうか俺はそんなに怪しいのか……

「……まったく、何をやってるのよ」

どうにもできずに困っていると、半ば呆れ顔の莉緒が横に立っていた。

小さく息を吐いて俺の隣にしゃがみこむと、莉緒は女の子に向かって優しく声をかけた。

「ねえ、あなた、お父さんとお母さんはどうしたの？」

「ふえ……？」

途端に女の子が泣き止む。いや俺の時と差がありすぎだろ……

「お姉さんに教えてくれる？　お父さんとお母さんはどうしたのかな？」

「……う……あ、あのね……わたし、今日は、おとうさんとおかあさんといっしょに、おかいものにきてたの……でも、きがついたら二人ともいなくなってて……う、うう……」

あ、やばい、また泣き出しそう……

思わず身構えてしまう。だけどそんな俺の傍らで、莉緒はきゅっと女の子の身体を優しく抱きしめた。

「心配しないで平気よ」

「え……？」

「もう何もこわがらなくて大丈夫。お父さんもお母さんもすぐに見つかるわ」

「……そ、そう、なの……？」

「ええ、この人が馬車馬のように動いて探してくれるから」

「え？」

俺……？

「そうよ。やるんでしょう？」

「まあ、そのつもりではあったけど……」

自分から言い出す前に当たり前のように言われるとなんかしっくりこないというか……

「……う……ひっく……おにいちゃん、おとうさんとおかあさんをさがしてくれるの……？」

涙がうっすらと浮かんだつぶらな目で見上げられる。

もともとそのつもりだったし、この表情を前にしては首を横に振ることなどできやしない。

「ああ、お兄ちゃんたちに任せとけ」

「あ……」

そう言うと、女の子は目をぱちぱちとさせて俺たちのことを見上げた。

「おにいちゃんたち、ようせいさんなの……？」

「え？」

「あのね、このまえね、おかあさんが絵本でよんでくれたの。ふぃんらんどってところにある不思議な谷に住んでいる、ずんぐりむっくりだけどやさしいようせいさんが、人間のおんなのこをたすけてくれるの。そのようせいさんと、おにいちゃん、そっくり」

「…………」

それきっと……というか明らかにムー○ンだよな……？　つまり俺はムーミ○似ということに……マジか。

「じゃあ早くしなさい、ムーミン」

「ハッキリ言うなよ⁉」

せっかく人が伏せ字で表現してたっていうのに。

ともあれ早いところ女の子の両親を見つけてあげたいというのには同意だ。

とはいえホームセンター内はこの混みようだ。普通に探していたんじゃなかなか見つからないかもしれない。だったら……少し乱暴かもしれないが、この方法がいいだろう。

「――よし」

「？」

俺はそううなずくと、女の子を抱きあげて、そのまま肩に乗せた。

そして腹の底から声を出す。

「——すみません、この子のお父さんとお母さんはいませんかー！」

周りにいた人たちが一斉にこっちを向いた。単純なやり方かもしれないが、こうやって女の子を見えるようにして辺りを練り歩くのが一番早い。

その効果はてきめんのようだった。

それから十分もしない内に、

「佐知、佐知なの？」

「おかあさん！」

「よかった、探したのよ……！」

「心配したんだからな……！」

人混みの中から、若い夫婦のような男女が飛び出してきた。

どうやら女の子の両親のようだ。

両親は女の子にやさしく声をかけると、強く抱きしめたのだった。

ふう、どうやら無事に解決したみたいだな。よかったよかった。

「本当にありがとうございました……！」

「何とお礼を言えばいいのか……」

女の子の両親に揃って深々と頭を下げられる。

面と向かって大人にそんなことをされると、なんか照れくさいというか、どういう顔をすればいいのか分からなくなる。

「気にしないでください。この人は人助けが好きな変わり者ですから」

「変わり者ってな……」

「何よ、本当のことでしょう。私の件といい向日葵ちゃんの件といい今回といい、本当にお人好しなんだから」

「い、いいだろ、好きでやってるんだから」

「悪いとは言っていないわ。奇特だって言っているだけで」

そんな風に言い合う俺たちを見て、女の子が楽しそうに笑った。

「ねえ、おねえちゃんとおにいちゃんは、ふうふなの？」

「え？」「は、はあっ？」

突然そんな爆弾が投入された。

「だってすごくなかよさそうなんだもん。おとこのことおんなのこでなかがいいのはふうふだって、おかあさんがこの前いってたよ」

無邪気な顔でにこにことそんなことを言ってくる女の子。

俺たちの関係はまかり間違ってもそうではないんだが、否定して女の子の夢を壊すのもしのびない。どう答えたもんかと悩んでいると、

「違うわよ」

「？」

「私とこの人との関係はね、主従関係っていうの。ああ、もちろん私が主でこっちが従ね」

「しゅじゅうかんけい……？」

「そうよ。あなたのお母さんとお父さんもだいたい同じはずだから」

「子どもにヘンなことを教えるなっての！」

俺の文句に、「何よ、本当のことなのに」と莉緒は口をとがらせていた。ったく、本当だとしても子どもに言うことじゃないっての……

「……でも、見直したわ」

「え？」

莉緒が、ぽつりと言った。

「泣いているこの子を見て、だれよりも早く駆け寄っていった。そんなことしても、何の得にもならないのに。それに女の子を抱え上げて大声を出すなんて、普通だったら恥ずかしいことをためらいなくできる人は、他になかなかいないと思う。そういうところは瀬尾くん——〝妖精さん〟らしいわね。まあ、対処のやり方は下手くそで見ていられなかったけど」

そう言って小さく笑う。

その笑顔は、今まで見たことのない種類のもので、どこかドキリとするものだった。

3

さてショッピングモールといえば、買い物をするところである（当たり前だ）。

ゆえに服屋があり、雑貨屋があり、本屋があり、様々な店が軒を連ねている。

そして……実のところ今日俺は、ここにあるものを買いに来ているのだった。

「なあ莉緒、少し時間いいか？」

「？　何よ、何かあるの？」

「実はちょっと買いたいものがあるんだ。それで、莉緒に選ぶのを手伝ってほしいんだが……」

「私に？」

莉緒が怪訝そうな顔になる。

「ああ、ダメか？」

「別にダメってことはないわ。瀬尾くんが逆立ちをして鼻からつけ麺を食べながら頼むなら考えてあげないこともないし」

「それダメってことだよな⁉」

スパゲッティならともかくつけ麺の極太麺なんてとても俺の繊細な鼻には入らない！　冷やし中華なら何とかなるかもしれないけど……！

「……冗談よ。それで、買いたいものって何なの？　幸運を呼ぶトルマリンブレスレットか何か？」

「違うよ！　女子向けのものなんだが……」

「……女子向けの？」

そこでぴくっと莉緒の眉が動いた。

「…………それは、小春ちゃんか向日葵ちゃんに何か買ってあげるのかしら？」

「いや違う。ちょっと知り合いにプレゼントする予定があってな」

「……知り合い……ふ、ふぅん、そうなの。瀬尾くんに動物のメス以外に女子の知り合いがいるとは思わなかったわ」

そんな失礼な台詞を吐きながらぷいと顔を逸らす。

え、何か怒っているのか……？　何で……？

とはいえひとまず了承はしてくれたみたいだった。

——ふう、とりあえず第一段階は成功か。

出かける前に小春のやつが言っていた言葉を思い出す。

『あのねお兄ちゃん、買いもので何か共通のものをいっしょに選ぶと、男女の仲はぐっと縮まるんだって』

『そうなのか？』

『うん。だからお兄ちゃんも今日のお買いもので莉緒さんといっしょに何か選べばいいと思うよ～。この前読んだ雑誌にも書いてあったんだ。〝草食系男子をおとすのには距離感が重要！適度な牽制をしつつ少しずつ距離を縮めていって、最後に喉元にがぶり♪　すてきな彼氏をゲット♪〟って』

『え、それ、小学生が読む雑誌だよな……？』

『うん、そうだけど？』

『……うーむ……』

『とにかく、いっしょに何かを探すんだよ～！　共同作業ってやつだよ！』

ということらしい。

効果の程は多少疑問ではあったが、何であれ莉緒との距離が詰められるのならやらない手はない。なのでこうして莉緒に買いものに付き合ってくれるよう頼んだのだった。

「それで、どんなものを買うのか目星くらいはつけてあるのかしら？」

莉緒が俺の顔を見ながら言う。

「いや全然。そこから莉緒に意見を聞きたいんだが……」

「はあ？　まったく、無計画にも程があるわね。いいわ、来なさい」

莉緒に連れられて、モールの中へと足を踏み入れる。

モールはエスカレーターとエレベーターを中心に円を描くように店が配置された四階建てで、中央には吹き抜けがある構造になっている。かなり広いため、うっかりすると迷子になってしまいそうだ。店は色々とあったが、やはりこういったショッピングモールの傾向として、服を売っている店が圧倒的に多い。

左右にずらりと並ぶ服の山を見ながら、莉緒に尋ねた。

「なあ莉緒、服とかはどうなんだ？」

「服は難しいわよ。まず正確なサイズは分かるの？　その相手の好みは？　好きなブランドは？　そのあたりを一つでも外すと地雷になりかねない代物で……あら、でもこの服、かわいいわね……」

ふと立ち止まって店頭に飾ってあった一着を手に取る。

するとその動きを見逃さなかったのか、店内にいた店員さんが風のようなスピードで駆け寄ってきた。

「いらっしゃいませぇ。そちら、今シーズン人気のワンピースですよぉ。袖の使い方次第で二通りの着こなし方が選べましてぇ……あ、もしよければ試着されてみてはいかがですか？」

「え？　いえ、私が買うわけじゃ……」

「試着だけでも結構ですから。どうぞぉ、試着室はこちらになりますぅ」

「え、あ、ちょ、ちょっと……」

半ば引きずられるように莉緒が試着室へと消えていった。うーむ、店員さん、やり手すぎるな……

試着室の前でしばし待つ。

とはいえ女物の店で男一人で待っているのはかなり気まずかった。場違い感が半端ないし、何だか周りからジロジロ見られているような気もする。いやこれは違うんだ、俺はただ連れを待っているだけで、別に一人で女物の洋服を見に来た挙げ句にそれを着て街中を練り歩きたいなどと妄想する変態じゃないんだ！　……などと心の中で必死に言い訳をしていると、試着室のドアがすっと開かれた。

中から現われたのは……

「…………ど、どう、かしら……？」

「お……」

少し恥ずかしそうに顔をうつむかせる、ワンピース姿の莉緒だった。

初夏を感じさせるペールカラーの膝上丈のワンピース。全体に散りばめられた淡い色をした花柄がよく似合っていて、端的に言って、かなりかわいいんじゃないのか……？

だけどこういう時にどう返せばいいのかよく分からない。

今までこんな経験をすることが皆無だったからどんな顔をしたらいいのかさっぱり分からないんだが……はっ、そういえばあれがあったか！

ポケットの中に手を伸ばす。

そこには今日に備えて小春（こはる）から持たされたメモがあった。『乙女心の分からないぺんぺん草みたいなお兄ちゃんのための覚え書き』。その中には相手の女子が試着した時の心得、とやらがあったはずだ。

そこには、小学生女子らしい丸文字でこんなことが書かれていた。

『試着室から女子が出てきた瞬間に、壁ドン！　顎クイ！　スクールラブ！　だよ！』

「……」

……スマン、お兄ちゃんにはお前が何を言っているのかさっぱり分からない。

ともあれ横には、丁寧なイラストで図解が描かれていた。小春（こはる）にはこんな上手（うま）いイラストは描けなかったはずだから……これは向日葵（ひまわり）が描いたのか？　意外な特技だな。まあ、おかげでこの一連のアクションが何であるのかは何となく分かるんだが……

だが分かるのと、それを実行するのとはまた別問題である。

とりあえず、見なかったことにしてメモはそっとポケットに戻した。これは使えない。俺の直感がそう告げていた。

悩んだ結果、俺が選択したリアクションはシンプルなものだった。

「……その、何だ、似合うと、思う」

「え……？」

「ファッションについてはよく分からないが、こういう清楚(せいそ)な感じなのも似合うんだな」

「そ、そうかしら？　ま、まあ私が着ればただの布でも十二単(じゅうにひとえ)だけどね」

「そ、そうかもな」

「な、何よ、何か突っ込みなさいよ。調子狂うじゃない……」

「……」

「……」

「……」

沈黙。

二人向かい合ったまま、どこか気恥ずかしい空気が漂う。

そこに、やって来た店員さんがとどめを刺した。

「あらぁ、やっぱりお似合いですねぇ。彼氏さんはどう思いますかぁ？」

「え、か、彼氏？」

「そうですよぉ。いいですね、こんなかわいい彼女さんがいてぇ」

「か、彼女⁉」

その言葉を受けて、莉緒が真っ赤な顔で「そ、そんなんじゃないですから……っ……！　こ、この人はただの〝妖精さん〟で同居人で……」とぶんぶんと勢いよく首を振って否定する。その瞬間、試着室の段差を踏み外してバランスを崩した。

「莉緒！」

慌てて支えようとして、正面から莉緒を受け止める形で飛び出す。勢いあまって前に倒れそうになるものの、試着室の壁に右手をついて踏ん張ることで、何とか無様にその場に転倒するのを防いだ。ふぅ、危なかった……

「きゃあぁ♪　彼氏さん、壁ドンだなんて大胆ですねぇ」

「え？」

店員さんの黄色い声が響き渡る。

壁に向かって突き出された右手、俺の腕の中で赤い顔で見上げてくる莉緒。ああ、そういえば今の俺の体勢って、あの小春のメモにあったものと同じであって……

「……あ、え、ええと、これはだな……」

「……ちょ、ちょっと、離れて……！」

「ぐ、ぐわぁ！」

ほとんど唐辛子のように真っ赤になった莉緒は俺の顎をクイっと持ち上げると、そのまま両手で顔を摑み首を四十五度ゴキリと捻ったのだった。店員さんが「きゃあ、顎クイとスクールラブも追加ですかぁ♪」とさらに嬉しそうに声を上げるのが聞こえる。……ああ、これが顎クイとスクールラブか……薄れゆく意識の中で、ぼんやりとそんなことを思ったのだった。


「ま、まったく、大変な目に遭ったわ……」

「ホントにな……」

まだズキズキと痛む首を押さえながらモールの中を歩く。

結局あの後、逃げるようにして服屋を後にした。店員さんは必死にお買い上げを求めてゾンビのように追いすがってきたが、丁重にお断りをして、何とか逃げ切ることに成功したのだった。

今は二人並んで、モール内の雑貨屋スペースを散策している。

周囲にあるのは色とりどりの雑貨の数々だった。『遊べる本屋』と銘打たれた一際派手な店の店頭には、真実の口の形をした占い機や鮭の形をしたマクラが並んで置かれている。うーん、カオスだな。

と、そこで莉緒が足を止めた。

惹き付けられるかのように、何かを見ているようだ。ん、何だろう？

「これ……素敵ね」

莉緒が見ていたのは、雑貨屋の店頭に飾られたネックレスだった。

星と月とをモチーフにした美しいデザイン。淡い蒼色にキラキラと輝いていて、そういうアクセサリーに全然詳しくない俺が見ても確かにいいものだっていうことがよく分かる。

「こういうものをもらったら……女子は嬉しいでしょうね」

「そうか……」

『エトワール』と書かれたそのネックレスの値段を見る。かなり高価だが、ギリギリ予算範囲内だ。

そうだな、うん、決めた。

ポケットから財布を取り出そうとした俺を見て、莉緒が声を上げた。

「え、ちょ、ちょっと、これを買うつもりなの？　確かにいいと思うけど、けっこう高いわよ？」

「大丈夫だ。金ならバイト代が入ったばかりだから少し余裕はある」

「そ、そうなの？　ま、まあ瀬尾くんが買うというのなら、私には止める権利はないけれど……」

莉緒が目を瞬かせる。

だけどそのすぐ後に、小さく息を吐きながらぽつりとこうつぶやいた。

「……だれだか知らないけど、幸せね。こんなものを、贈ってもらえるんだから」

それは、心からそう思っているだろう響きだった。

「そう、思うか？」

「……ええ。少しだけ、うらやましいと思うわ」

遠くを見るように小さくそうつぶやく莉緒。

そんな莉緒の表情は、同居するようになってからも初めて見るものだった。

レジへと行き、『エトワール』を包装してもらう。

「……買えたの？」

「ああ、ばっちりだ」

「……そう、よかったわね。ちゃんと相手にプレゼントするまでなくしたり壊したりしないように気を付けなさいよ。瀬尾くんはそそっかしいんだから」

子どもに注意するみたいにそう言ってくる。

まあ、その心配はないっちゃあないんだが。

俺はコホンと軽く咳払いをすると、
その莉緒に、包装してもらった『エトワール』を差し出した。

「？　何よ、これ」

「プレゼントだ。……莉緒に」

「……私、に？」

莉緒が驚いたような顔になる。

「その、何だ……莉緒にはずっと世話になりっぱなしだからな。住まわせてもらってる件もそうだし、向日葵の件もそうだ。だからせめて、感謝の気持ちとして何かプレゼントしたいと思ってたんだ。それでというか……」

「え……」

目をぱちぱちとさせる莉緒。

小春の計画の上では、ここで買うものは特にだれ宛てというわけでもなかったんだろうが、俺は最初から決めていた。買うものが何であれ、その何かは、莉緒にプレゼントしようと。

「な、何よ、急にそんなこと言って……ほ、ほめたって、何も出ないわよ」

「そんなんじゃないって。ただ、ずっと感謝の気持ちは伝えようと思ってたんだ。それだけだよ」

「そ、そうなの……？」

「ああ」

「……そ、そう。ま、まあくれるって言うなら、ありがたくもらっておくわ」

「うん、そうしてくれ」

『エトワール』を手渡す。莉緒は少しだけ照れたような表情でそれを受け取ると、箱から取り出して、首につけた。

「ま、まあ悪くないんじゃないかしら。そ、そうね、せっかくくれたんだし、経年劣化して灰になるまではずっとつけていてあげてもいいわ」

「そっか。ありがとな」

「し、しかたなくよ、しかたなく」

口ではそんなことを言う莉緒。

だけど。

「ふふ」

その顔は、ずっと綻びっぱなしだった。

4

ショッピングモールでの買いものを無事に済ませて、最後に俺たちが向かったのは成瀬家の近所にあるスーパーだった。夕食用の食材も何か買ってきてほしいとも小春に頼まれていたのだ。

「ええと、ネギとジャガイモとニラと……お、ニンジンもセールになってるな」

「鶏肉も安くなっているみたいね」

「とりあえず全部買おう」

そんなことを話し合いながら、カートを押してスーパーの中を回っていく。

日曜日の夕方だけあって、店内には家族連れが大勢いた。子どもが父親にオマケ付きのお菓子をねだったりしながら楽しげに買いものをしている。なんかこうやっていっしょに食材の買いものをしていると、一つ屋根の下に住んでいるっていう実感が改めてしてくるな。

「何だか、不思議な感じじね」

と、莉緒が言った。

「ほんの二ヶ月前まではほとんど喋ったこともなかった瀬尾くんと、こうしていっしょに夕飯の買いものをしているなんて」

「そうだな。ぜんぜん考えられなかったな」

〝妖精さん〟から始まった俺たちの不思議な縁。それはエルフちゃんを加えてさらに広がっていき、今や三世帯同居という当初からは考えられないものになっている。

「ふふ、〝妖精さん〟も成長したものね。ムーミンになったんだから」

「……それは成長なのか？」

「そうよ。間違いないわ」

「……まあ、そう言うならそれでもいいけど……」

単純にサイズ的な意味での成長でしかないと取れなくもない。

それにしても、本当に巡り合わせなんてもんは分からないものだね。

莉緒と初めて出会った時には、こうやって彼女と気安く話す日が来るなんて考えもしなかった。あの頃の、触る物皆傷付けるナイフみたいなイメージは、だいぶ薄らいできたような気がする。

だからかもしれない。

俺が、こんなことを訊いてみる気になったのは。

「——なあ、まだ莉緒は人と関わるのはイヤだって思ってるのか？」

「え？」

「何ていうか、クラスメイトとか、周りにいる人のことはやっぱり信用できない感じか……？」

その言葉に、

「そうね。他人はまだ……信じられないわ」

莉緒は、静かに首を振りながらそう言った。

「人間なんて、利害関係と欲とエゴの塊でしょう。信じれば裏切られるし、頼りにすれば掌を返される。弱みを見せれば付け込まれる。表裏の権化よ。それならまだプランクトンやミトコンドリアを信用した方が有益だわ」

いやすごい比較対象だな。まあそれはこの際置いておくとして。

「や、でもそれを言ったら俺だって他人だろ」

クラスメイトで〝妖精さん〟ってだけの、ある意味では赤の他人だ。

「……」

「莉緒？」

「………瀬尾くんは、違う」

「え？」

少しだけ口ごもるようにして、莉緒は言った。

「他の人と、瀬尾くんは、違うよ。瀬尾くんは、人間は利害関係だけじゃなくて、想い合う心で行動することができるってことを、身をもって見せてくれた。私の価値観をぶち壊してくれた。それはだれにでもできることじゃない。だから……瀬尾くんは、特別なの。〝家族〟なの」

「あ、え……」

予想外の不意打ちに言葉を失う。

その言葉はどこまでも純粋でどこまでも真摯なもので、莉緒が本当にそう思ってくれているんだってことがヒシヒシと感じられた。

彼女は、危ういほどに真っ直ぐなのだ。

「あなたは私の特別な存在……ファミリーの一員よ！」

「いやその言い方はちょっとどうかとも思うが」

マフィアじゃないんだから。

ともあれ、莉緒が俺のことを特別だと、〝家族〟だと言ってくれたのは素直に嬉しい。

と同時に、少しだけこそばゆい。

何となく気恥ずかしい心地になって、俺は言った。

「あー、この材料なら、今晩は鍋にでもするか。寄せ鍋あたりでいいかな。莉緒はどう思う？」

「鍋……？」

「ああ、どうだ？」

やっぱり日曜日の晩ご飯といえば鍋だろう。季節的には少しばかり時期外れかもしれんが、それでも〝家族〟皆で囲む鍋は格別なものだと思う。

「……」

だけど莉緒は、何だか複雑そうな顔をしていた。

「？　莉緒？」

「……」

「莉緒はあんまり鍋が好きじゃなかったか？」

「……そういうわけじゃないんだけど……」

「？」

どういうわけなんだろうか。

ややあって、莉緒は小さく口を開いた。

「私……鍋って食べたことないのよ」

「だって鍋って、大人数でやるものでしょう。私、四年前におばあちゃんが亡くなるまでは、物心ついた時からあの家でずっとおばあちゃんと二人だけで暮らしていたから。おばあちゃんはあんまりたくさん食べる方じゃなかったし。だから鍋って、食べたことがないのよ」

「……」

鍋を食べたことないって、また珍しいな。いやそれもそうだが、それよりもその後の莉緒の言葉が気になった。莉緒は子どもの頃からおばあちゃんと二人だけで暮らしていた。そしてそのおばあちゃんはもうすでに亡くなっている。ということは莉緒にはもう家族はいない……？ いや両親はどうしてるんだ？ 子どもの頃からいっしょには住んでいなかったってことか……？ だけど向日葵の一件の時に〝いい子〟であることを強いられていたと言っていたし……。疑問は次々と湧き上がってくる。

だけどそのことについては、それ以上は踏み込めなかった。まだそこまで無遠慮に莉緒の内面に入り込んでいけるほど、俺と彼女との関係は深まってはいない。莉緒が自分から話してくれる時がくるまで、待つしかないんだと思う。

だから俺にできたことは、こう言うことだけだった。

「——そうか。だったらさ、これから毎月一回、日曜日は『鍋の日』にしないか？」

「え？」

「鍋、食べたことがないなら、これから食べればいい。俺は鍋が好きだし、小春のやつも鍋には目がないしな。向日葵も、きっと好きなはずだ」

「瀬尾くん……」

その提案に莉緒は目を瞬かせていた。

驚いたような、でもどこか嬉しそうな表情。

だけどすぐに我に返ったようにはっとした表情になると、小さく咳払いをしながら言った。

「ま、まあ、どうしてもそうしたいっていうのなら、『鍋の日』、作ってあげてもいいわ。わ、私も、鍋に興味がないこともないし」

「そうか。だったらそうしよう。じゃあ今日はさっそく第一回目の『鍋の日』だな。寄せ鍋でいいか?」

「あ、待って。私、三色鍋っていうのをやってみたいわ。前から興味があったの」

「お、三色鍋か。それもいいな」

「三色鍋って、ロシアンルーレットみたいなものなんでしょう? 赤がハズレでハバネロ入り、黄色が普通でカレー味、青が当たりで、紫キャベツを重曹で煮込んで青くしたものだって」

「違うよ!?」

しかも当たりなのに青、マズそうだし!

「そうじゃなくて、鍋を三つに区切って一度に三つの味を楽しめる鍋のことだって……」

「そうなの？　へぇ、それ、私、好きそうかも」

「ああ、きっと気に入ると思う。それに鍋は三色鍋だけじゃなくてたくさん種類があるからな。これから色々試してみればいいさ」

「ふふ……それは楽しみね。瀬尾くんに、全部作ってもらわなきゃ」

「俺が全部作るの!?」

「そうよ。鍋作りは〝妖精さん〟の……〝ムーミン〟の仕事でしょう？」

そう言って楽しそうに笑う。

そういうもんなのか？　まあ……いいけどさ。

こうして、毎月第三日曜日は『鍋の日』となることに決まったのだった。

5

「お帰りなさい、お兄ちゃん、莉緒お姉ちゃん」

「ただいま」

「巣箱セット買ってきたわよ、小春ちゃん」

「ほんと？　わーい、ありがとう、莉緒お姉ちゃん！」

手渡された巣箱セットを見て小春がぴょんぴょんと飛び跳ねて喜ぶ。

ひとしきりそうした後に俺のところにやって来ると、こそっと耳打ちをした。

「で、どうだったお兄ちゃん。莉緒お姉ちゃんと仲良くなれた？」

「ん、まあ、な」

色々とあったが、今日一日を通して、出かける前よりも莉緒のことを身近に感じられるようになった気がする。おそらく莉緒もそうだろう。少なくともこれまでのように顔を合わせるだけで挙動不審な態度を取られることはないはずだ、たぶん。

「ちゃんと壁ドン顎クイはやった？　スクールラブは？」

「……それはやってない」

「え～、そうなの？」

「……あれは辛いって。でも、おかげで莉緒と仲良くなれた気がする。ありがとな、小春、向日葵」

「そっか～、うん、それならよかったよ～」

「あ、安心しましたぁ」

小春と向日葵が揃って安心したような表情を浮かべる。

ううん、何だかんだでけっこう心配をかけてしまっていたんだな。二人のお兄ちゃんとして、こんなことじゃいけないかもしれん。

少しばかりお兄ちゃんとしての自覚を強めなければという気持ちになっていると、

「ほら、さっさと鍋を作るわよ、ムーミン」

莉緒のやつが、手招きをしながらそんなことを言ってきた。

「ムーミン？　お兄ちゃん、何でムーミンって呼ばれてるの？」

「お兄さん、ムーミンさんなんですかぁ……？」

「あー、うん、それはだな……」

「？」

「まあ、色々あったんだよ……」

「⁇」

まあ、何というか色々としか言いようがない。

ともかくそういうわけで。

莉緒との距離を縮めることには成功したものの、また新しい妖精としての呼び名……〝ムーミン〟を授かることとなってしまったのだった。

SHIAWASE
NISETAI
DOUKYO KEIKAKU
幸せ二世帯同居計画 ～妖精さんのお話～
番外
『ピクシーちゃんの涙』

お兄ちゃんだけが、信じられる存在だった。

この世界の中で、〝家族〟だっていえる、唯一の存在だった。

＊

朝おきて、台所に行ったら、もうみんなそろっていた。

莉緒お姉ちゃん、向日葵お姉ちゃん、そして——お兄ちゃん。

台所に入ると、みんなこっちを見て明るく声をかけてきてくれる。わたしはそれに笑顔で返した。

「おはよう、小春ちゃん」

「おはようございます、莉緒お姉ちゃん」

「もうご飯できてるよぉ、小春ちゃん」

「わ、そうなんだ～？　あ、タコさんウインナー、美味しそう♪」

「よ、おはよう、小春」

「おはよ、お兄ちゃん」

色々あって、二ヶ月くらい前からお兄ちゃんとわたしは莉緒お姉ちゃんの家に住んでいる。最初のうちはこっそり隠れて暮らすだけだったけど、少し前にそれが見つかってしまって、そのとき以来莉緒お姉ちゃん公認になった。それからしばらくして向日葵お姉ちゃんもくわわって、四人になった。

「昨日は暑かったけれど、よく眠れた？」

「あ、うん、だいじょぶだったよ～。窓を開けてたらすずしかった」

「寝苦しくなったらいつでも言いなさい。氷枕とか用意してあげるから」

莉緒お姉ちゃんはやさしい。

すごくきれいであんまり喋らないから一見こわそうにも見えるけど、実はとっても色々なことに気をつかってくれる。お兄ちゃんとはよく口ゲンカしているけど、ケンカをするのは仲がいい証拠だっていうから、本当は仲良しなんだと思う。

「ほら、見て見て小春ちゃん、このタコさんウインナー、おっきいのとちっちゃいの親子みたいだよ」

「あ、ほんとだ。かわいい」

「だよねだよねぇ？　うふふ、朝からおもしろいもの見つけちゃったよ～」

向日葵お姉ちゃんは親しみやすい。

歳もそんなに離れていないこともあって、一番よくお喋りをする。本当にお姉ちゃんって感じで、ほんわかとした笑顔を見ているとすっごくいやされる。

「小春、ほら、ほっぺたにご飯粒がついてるぞ」

「え？　ほんと？　どこどこ〜？」

「ほら、そこの口の右の。いや小春から見て右で……。ああ、もう、取ってやるから動くなって。……よし、取れた」

「ありがとう、お兄ちゃん」

お兄ちゃんは……お兄ちゃんだ。

今も昔も、やさしくてたよりになって、いつだってわたしのことを守ってくれる。かけがえのない存在で、大好きな、自慢のお兄ちゃんだ。

この家での生活は、すごく楽しい。

今までの、親戚の家での毎日は、正直に言ってつらいことばかりだった。お兄ちゃんと二人で暮らすようになってからの生活は、楽しかったけれど、やっぱりちょっとだけさみしい時もあった。お兄ちゃんは毎日のようにがんばってアルバイトをしていて、夜はいないことが多かったから。そうしないと、二人だけで生きていくことはできないんだって言っていた。他の家にはお父さんとお母さんがいて笑っていてくれているのに、どうしてうちではお兄ちゃんが働かないといけないの？　と昔きいたことがあった。その質問に、お兄ちゃんはちょっとだけ困ったような顔で、「うちではお兄ちゃんが、小春の両親代わりだ」と頭を撫でながら言ってくれた。それ以上は、きけなかった。

でも、この家にきてから、変わった。

お兄ちゃんはあいかわらず夜はいないことが多かったけれど、その時は莉緒お姉ちゃんと向日葵お姉ちゃんがいてくれた。台所か居間に行けば、だれかが必ず笑顔で迎えてくれた。それはわたしにとってはじめての経験で、それがとても新鮮だったのだ。

「ごちそうさまでした」

ご飯を食べ終わってそのまま洗面所へと向かう。

朝の洗面所はすぐに渋滞しちゃうから、いそがないといけない。手早く顔を洗って、髪の毛を結んで、支度をする。

「それじゃあ、いってきます!」

そう言って、家を出た。

背中からは「いってらっしゃい、小春ちゃん」「忘れものはないか?」「車に気をつけてねぇ」という声がきこえて、わたしはそれに「だいじょうぶだよ~!」と返した。

うん、だれかが声をかけてくれる毎日って……いいなぁ。

*

小学校は、家から十五分くらい歩くと着く。

校門をぬけて、昇降口で上履きに履き替えて、教室へ向かう。

「おはよう、小春ちゃん」

「あ、おはよう、洋子ちゃん」

教室に入ると友だちの洋子ちゃんが声をかけてきた。

「小春ちゃん、算数の宿題やってきた？」

「うん、ばっちりだよ～」

「ぜんぶできた？　むずかしくなかった？」

「う～ん、旅人算のところがちょっと。でもお姉ちゃんが教えてくれたから」

「お姉ちゃん？　小春ちゃん、お姉ちゃんいたんだ」

洋子ちゃんが不思議そうな顔でそう言ってくる。あ、そうだった、莉緒お姉ちゃんの家に住んでいることはみんなにはナイショなんだった。

「あ、え、えっとね、親戚のお姉ちゃんのことなんだ～。最近、よく会ってて」

「あ、そうなんだ？」

「う、うん」

本当はやさしいお姉ちゃんたちといっしょに暮らしていることをちゃんと言いたかったけれど、それがダメだっていう理由も何となく理解できた。莉緒お姉ちゃんと向日葵お姉ちゃんをきちんと紹介できないことと、洋子ちゃんにウソをついてることに、胸がちくりと痛む。

洋子ちゃんと話をしていると、担任の実香先生がやって来た。

そのまま朝のホームルームが始まる。

「はい、みんな、おはようございます」

「「「おはようございます」」」

「今日はみなさんにプリントを配ります。来週の日曜日に行われる父兄参観のお知らせです。お父さんお母さんに渡しておいてくださいね」

その言葉にみんなが声を上げる。

「えー、やだ～」

「パパとママがくるの～？」

「えー、お前んとこの親はいいじゃん、若くてさ。うちなんかおっさんだからさあ……」

「うちだって同じだって。ちょっと若作りしてるだけだもん」

まわりではわいわいとそんな会話が交わされている。

みんな口では「いやだー」とか「こないでほしい～」とか言いながらも、何だかんだで楽しそうだ。

でもわたしはちょっとだけしずんだ気分だった。

「そっか、またこの時期がきたのか……」

手にしたプリントに目を落とす。

そこには、親子三人で手を繋ぎながら楽しそうに笑っている家族のイラストが描かれていた。


学校がおわって、家に帰るとお兄ちゃんがちょうど玄関のところにいた。

「あれ、お兄ちゃん」

「よ、おかえり小春」

「あ、ただいま、お兄ちゃん。えと、今日はアルバイトの日じゃなかったっけ～？」

「ああ、うん、これから行く。ちょっと時間があまったんで、着替えに帰ってきたんだ」

「そうなんだ。気をつけてね」

「おう。あ、小春、学校で何か変わったこととかはないか？」

「え？」

と、お兄ちゃんがふいにそんなことをきいてきた。

「ほら、この時期は色々と行事があったりするだろ。お兄ちゃんは小春の親代わりだからな。何かあったらすぐに知らせてもらわないとな」

「……ん、特にないよ？　だいじょうぶ」

ランドセルの中に入っている父兄参観のプリントを頭のすみに追いやって、わたしはそう答えた。お兄ちゃんは「そっか、分かった。じゃあ行ってくる」と言って、アルバイトに出かけていった。

父兄参観のことは、お兄ちゃんに言うつもりはない。

もちろん、お兄ちゃんが来てくれたらうれしい。

でもお兄ちゃんは、毎日いそがしくがんばっている。家事をして、学校に行って、アルバイトをして、休むヒマもないくらいだ。せめて学校がない日くらい、わたしのことなんか気にしないで、ゆっくり休んでほしかった。

「ただいま。あら、小春ちゃん、帰ってたのね」

「あ、おかえりなさい、莉緒お姉ちゃん」

そんなことを考えていると、今度は莉緒お姉ちゃんが帰ってきた。

わたしの顔を見ると、にっこりと笑いかけてきてくれる。

「小春ちゃん、今日の晩ご飯は何がいい？」

「え、何でもいいよ？　莉緒お姉ちゃんの作るご飯、おいしいから」

「もう、かわいいこと言うんだから。いいから、小春ちゃんの食べたいものを言いなさい」

「ん～、それだったら、カレーがいいな」

「カレーね。分かったわ」

そう言って台所へ行くと莉緒お姉ちゃんはきれいな長い髪の毛を後ろで結んで、エプロンを着けた。

「あ、お姉ちゃん、わたしも手伝うよ〜」

「ありがとう、小春ちゃん」

莉緒お姉ちゃんと並んで、二人でまな板に向かう。

莉緒お姉ちゃんたちといっしょにご飯の支度をしたりするのは、楽しかった。一人でやるご飯の準備は静かな中に響く庖丁の音がさみしかったけど、だれかといっしょにお話をしたりしながらジャガイモを切るのはぜんぜん苦じゃない。ついついはりきりすぎて色々やってしまう。

タマネギをみじん切りにしていると、ふと莉緒お姉ちゃんが言った。

「小春ちゃんは〝ピクシー〟みたいね」

「〝ピクシー〟?」

「うん、そう。昔話に出てくる小さな妖精さん。働き者でかわいくて、幸せを運んでくれるんだって」

「わ、わたし、そんなんじゃないよ〜」

ふいに思ってもみなかったことを言われて手をぶんぶんと振る。それを見た莉緒お姉ちゃんは「ううん、小春ちゃんは〝ピクシー〟だわ、間違いない。瀬尾くんは〝ムーミン〟だけど」と言って笑っていた。うう、わたしからすれば莉緒お姉ちゃんの方がきれいだしやさしいし、妖精さんみたいだと思うんだけどなあ……

「ただいま帰りましたぁ。あ、みなさんもう帰っているんですね。ただいまですぅ」

と、玄関の方から声が聞こえてきた。

向日葵お姉ちゃんが帰ってきたのだ。

「夕飯の準備をしてたんですか？　あ、今日はカレーなんですね。いいにおい～」

「ジャガイモたっぷり、夏野菜カレーよ」

「やったぁ！　あ、わたしも手伝いますっ」

カバンをイスに置いて、向日葵お姉ちゃんも横に並んだ。

三人が、ご飯の支度をする音が台所に響く。

それは、とってもしあわせな音だった。

うん、わたしには、今のこのみんなですごせる時間があれば、いいんだ。


夕飯のカレーを莉緒お姉ちゃんと向日葵お姉ちゃんといっしょに食べて、お風呂にはいった。

入浴剤で白くそまった湯船には、いつもアヒルちゃんの人形が浮かんでいる。莉緒お姉ちゃんのものだというそれと遊びつつお風呂を出て、タオルで髪の毛をふきながら二階の部屋へ向かう。今日の分の宿題をやらなくちゃ。ええと、国語は漢字の書き取りで、社会は江戸時代の年表を埋めなきゃだから……とランドセルを探っていて、ふと笑い合う家族の姿が描かれたプリントが目に入った。

「……あ」

そっか、これがあったんだっけ……

楽しさでふくらんでいた気持ちがちょっとだけしぼんだ気がした。

笑いかけてくる家族のイラストに、胸の奥がずしりと重くなる。

とにかく、どこかにかくしておかないと。

プリントを手にかくし場所を探していると、ふいに後ろから声をかけられた。

「あれ小春ちゃん、それなに？」

「え？」

「何かのお知らせのプリント？　ええと、父兄――」

「！」

向日葵お姉ちゃんだった。

首をかたむけながら後ろからのぞきこんできたので、あわててプリントを引き出しにかくす。

「わ、な、何でもないよ！」

「え、で、でもぉ」

「ほ、ほんとに何でもないの！　気にしないで、向日葵お姉ちゃん！」

「そうなの……？」

向日葵お姉ちゃんは気にするような顔をしてたけれど、それ以上はきいてこなかった。ふう、あぶないあぶない。油断大敵だよ……

色々考えた結果、プリントは押し入れの中にあるソドムちゃんの中にかくすことにした。

本当は捨てちゃった方がいいのかもしれないけど、それだとゴミ捨ての時に見つかっちゃうかもしれない。念には念を入れることにした。

お兄ちゃんが帰ってくる前に、ソドムちゃんのチャックを開いてこっそりとプリントを隠す。

何だかちょっとだけいけないことをしているような気分になったけど……頭を振って、気にしないようにした。うん、しょうがないよ、これを見つけちゃったらお兄ちゃんたち、きっとよけいな心配をしちゃうもん……

そう自分に言い聞かせて、明日の学校の準備をして、お布団に入る。

お布団に入って少しして、だんだんと眠くなってまぶたが重くなってきた頃、お兄ちゃんが帰ってきたような物音が聞こえた。

＊

夢をみていた。

それは、とってもしあわせな夢。

夢の中で、わたしは小学校の教室にいた。実香先生にあてられて、作文を読んでいる。教室の後ろにはお兄ちゃんの姿。いつものやさしい笑みを浮かべて、わたしのことをじっと見守ってくれている。

そんなお兄ちゃんの視線を背中で感じながら、わたしは作文を朗読していた。

これは夢だと、何となく分かっていたけれど、それでもよかった。

お兄ちゃんが来てくれている。

わたしのことを見ていてくれている。

それだけで、その場で声を上げたいほどしあわせだった。

やがて朗読がおわって、お兄ちゃんがやって来る。

大好きなやさしい笑顔を浮かべて、よくやったなとほめてくれる。

うれしかった。

すごくすっごく、あったかい気分だった。

そんなわたしの頭を、お兄ちゃんがそっとなでてくれた。

その手の感触はやさしくてあたたかくて、夢だけど、本当にお兄ちゃんの手が頭に触れているような気がした。

＊

父兄参観日当日。わたしは、洋子ちゃんの家に遊びに行くと言って家を出た。ランドセルを背負っているのが見つかるとあやしまれそうだったけど、うまく隠して持ってきたからたぶんだいじょうぶだったと思う。近所のおばさんたちが、「おや小春ちゃん、日曜日に学校かい？」とたずねてきたけれど、笑ってごまかした。

学校に着くと、教室にはもうすでに何人かの父兄が来ていて、楽しそうに賑わっていた。

「なあなあ、うちの親、きてる？」

「お前の母ちゃん、どれだよ？」

「もう、お母さん、お化粧しすぎないようにねって言ったのに」

「うわぁ、うちの父ちゃんスーツのボタンを掛け違えてるよ……」

「……」

いつもの教室が、どこか違った場所のようになるこの空気が、ちょっとだけ苦手だった。ちらちらと教室の後ろを意識しながらどこかそわそわするクラスメイトたち。何だかここには、自分の居場所がないように感じてしまう。

ぶんぶんと首を振る。

だめだめ、こんなのはいつものことだ。今だけがまんすれば、四十五分経てばすぐに終わる。

そう自分に言い聞かせて、できるだけ周りの雰囲気を気にしないようにする。

やがてあと五分くらいで授業が始まる時間になる。

その時だった。


「ええと小春は……お、いたいた」


「……え？」

教室の後ろから聞こえてきた耳慣れた声。

振り返って、わたしは、視界の隅に信じられないものを見た。

最初は目の錯覚かと思った。

そうじゃなければ気づかないうちに寝てしまっていて、また夢を見ているのかと思った。

だって、それくらいありえないと思っていた光景だったから。

教室の後ろの、一番はじっこ。

そこに——お兄ちゃんがいた。

「おーい、小春(こはる)！　こっちだこっち！」

お兄ちゃんだけじゃない。

その隣には、こっちに向かって手を振る莉緒(りお)お姉ちゃんと向日葵(ひまわり)お姉ちゃんの姿もあった。

それを見たクラスメイトたちが声を上げる。

「うわぁ……あの人、すっごくきれい」

「モデルか何かやってる人かなぁ？」

「隣の中学生のお姉さんもかわいいよね～。やさしそうだし」

「え、あの二人、小春(こはる)ちゃんのお姉さんなの？」

洋子(ひろこ)ちゃんもびっくりしたような顔できいてくる。

「あ、う、うん、そうだけど……」

「わ～、いいなあ、あんな美人なお姉さんがいて。それも二人も。……えっと、隣にいるのは、お父さん？　お、お兄さん……？」

莉緒(りお)お姉ちゃんと向日葵(ひまわり)お姉ちゃん、最後にお兄ちゃんを見て、洋子(ひろこ)ちゃんがちょっとだけ困ったように首をかたむけた。

ふふ、お兄ちゃん、背広を着てネクタイまでしてる。ヒゲみたいなのをつけてるのは、きっとお父さんだと思わせようとしてがんばってくれたんだろうな、たぶん。

「……何だか視線が痛いんだが。やっぱり、このヒゲはよくなかったか……？」

「当たり前でしょ。そんなどこかの海賊危機一髪みたいな」

「あ、で、でもぉ、わたしはいいと思いますよ！　え、ええと、マフィアの末端構成員みたいで！」

「スマン向日葵……それフォローになってない……」

そんなお兄ちゃんたちの声が聞こえてきて、わたしは思わず笑ってしまった。いつもの、家でのあたたかい空気がそこにはあった。

「はーい、みんな、おはようございます」

やがて実香先生が教室に入ってきて、授業が始まった。

「それではこれから父兄参観を始めます。お父さんお母さんが見てるからって、みんな緊張しないでいつも通りにしていればいいからね？」

「「「はーい！」」」

「それじゃあ、今日はお父さんお母さんの前で、みんなに作文を読んでもらいましょうか。ええと、読みたい人はいますか？」

周りから「はいはい！」「やる！」「私が読みまーす！」という声が次々に上がる。

いつもだったら、その声に居心地の悪さを感じて下を向いていたと思う。

でも今日は違う。

真っ直ぐに顔を上げると、わたしは勢いよく手を上げた。

「はいっ、読みます……っ！」

「じゃあ瀬尾さん、読んでみてくれるかな？」

「は、はいっ！」

実香先生の声に答えて。

わたしは、少しだけ緊張しながら立ちあがった。

手にしているのは読むことになるとは思っていなかった作文。

だけどそこには、わたしの想いがこめられている。

ありったけの気持ちをのせて、わたしは教室の後ろにまで届くように声を出した。

「『わたしの家族』。瀬尾小春。うちにはお父さんもお母さんもいません。物心ついた時から、どちらもいませんでした。さみしいと思ったこともありました。でもその代わりに、お兄ちゃんがいます。お兄ちゃんはいつでもわたしのことを考えてくれていて頼りになって、とっても心強いです。それだけじゃなくて、最近お姉ちゃんもできました。やさしいお姉ちゃんとかわいいお姉ちゃん。みんな、とっても仲良しで、いつも家の中には笑顔がたえません。そんな仲良しの〝家族〟が、わたしは大好きです」

読み終えると、周りから拍手がまきおこった。

大好きなお兄ちゃん。

やさしい莉緒お姉ちゃん。

親しみやすい向日葵お姉ちゃん。

みんながいてくれる。

あたたかい居場所を作ってくれている。

わたしは……今、とってもしあわせだ。


授業が終わって、休み時間になった。

席を立って一目散にお兄ちゃんたちのところへ向かう。お兄ちゃんにどうして父兄参観があるのが分かったのかきいたら、「ん、まあ……。プリントを見付けてな」って答えた。その横で向日葵お姉ちゃんがちょっとだけ申し訳なさそうに笑っている。やっぱりあの時、向日葵お姉ちゃんに見つかっていたらしい。

「そっか……ごめんね、お兄ちゃん。莉緒お姉ちゃんも向日葵お姉ちゃんも。せっかくのお休みなのに……」

わたしがそう言うと、お兄ちゃんはちょっと複雑そうな顔をした。

「……小春は、そんなこと気にしなくていいんだ。まだまだ、甘えていい……や、違うな、甘えるのが仕事の歳なんだよ」

「そうよ。変な遠慮はやめなさい。私たちは、〝家族〟なんだから」

「もっとわたしたちのことを頼ってくれていいんですよぉ」

口をそろえて、そう言ってきてくれる。

「お兄ちゃん、莉緒お姉ちゃん、向日葵お姉ちゃん……」

どうしてだろう。

お兄ちゃんたちの言葉がものすごくうれしいのに、うれしくてその場で飛びはねちゃいたいくらいのはずなのに、胸の奥からあついものがこみ上げてきた。こみ上げてきて、抑えられなくなった。

気づいたら……わたしは、泣いてしまっていた。

「う、うわぁああああああん……」

「こ、小春⁉」

「う、ううう っ……わぁあああああん……」

「え、え？　こ、これどうすればいいんだ……？」

お兄ちゃんが困ったように莉緒お姉ちゃんと向日葵お姉ちゃんを見る。

「察しなさい。瀬尾くんの顔が怖くて泣いているのよ」

「え、そ、そうなのか？」

「そうよ。あなたの顔はそこにあるだけで赤子を泣かす……伝説のシリアルキラー、テッド・バンディ級よ」

「え、ど、どうしたらいいんだ？」

「そうね、もう生まれ変わるしかないんじゃないかしら」

「まさかの現状全否定……！」

「……冗談よ。嬉しくて、泣いているんでしょう」

「小春ちゃんの気持ちは分かりますよぉ。でもお兄さんはよく女の子を泣かしますねぇ。わたしも大泣きさせられちゃいましたし～」

「……それ、初耳なんだけど。そうなの？」

「い、いや、まあ……」

そんなやり取りをして、やがてお兄ちゃんがぽんぽんと頭をなでてくれた。それにならうように莉緒お姉ちゃんと向日葵お姉ちゃんもわたしの肩に手を置いてくれる。

「よくがんばったな、小春」

「すごくいい作文だったわ」

「かわいいだなんて言われると……照れちゃいますねぇ」

「あ……」

そのあたたかさにつつまれて、わたしはそっと目を閉じた。

父兄参観が、初めて楽しいと思えた日だった。

＊

お兄ちゃんだけが、信じられる存在だった。
この世界の中で、〝家族〟だっていえる、唯一の存在だった。
でも今は違う。
もちろん、お兄ちゃんが大切な存在だってことには変わりない。
だけど、〝家族〟といえる人たちは、もしかしたら増えたかもしれない。
大好きなお兄ちゃんと、やさしくて面倒見のいい二人のお姉ちゃん。
それが今のわたしの、〝家族〟だ。

幸せ二世帯同居計画 ～妖精さんのお話～

『帰るべき場所 ～〝妖精さん〟大作戦～』

0

家というのは、拠り所だと思う。

単なる雨風をしのげる場所、毎日の生活を送っていく場所という意味を越えて、そこに住む者たちにとっての心の支えとなる場所。

ありがちな表現だが、あながち間違ってはいないと思う。家はただの建物ではなく、毎日を懸命に生きている人たちの寄る辺なのだ。

そしてそれは、この成瀬家の古びた一軒家も例外ではない。

いつの間にか、この少し年季の入った木造一軒家は、俺にとってかけがえのない場所になっていた。

建て付けの悪い雨戸、色の変わった畳、壊れかけた雨どい、歩くとギシギシと音がする廊下。

いや俺だけじゃない。

莉緒や向日葵、小春にとっても、きっと同じだったと思う。この家で四人で笑いながら過ごす時間は、何にも代えがたい大切な宝物であったはずだから。

だからこそ。

その場所がなくなってしまうかもしれないことは……『幸せ二世帯同居計画＋一』の継続を根幹から揺るがすことになるかもしれない大事件だったのだ。

1

『幸せ二世帯同居計画＋一』を継続するようになってから、さらに一ヶ月が過ぎた。

季節は春から夏へと移り変わり、周りでは冬服から夏服へと装いも変わりそれに見合った暑い日が続くようにもなるとともに、少しずつ周囲の環境や人間関係なども変化していく、そんな時期。

成瀬家での俺たち四人での生活も、僅かずつだが前に進みつつあった。

次第に〝家族〟としての、たぶん絆と呼んでいいだろうものを、俺たちは育んでいった。それは幼虫がサナギになり蝶になるほどのゆっくりとしたものだったかもしれないけれど、確かに俺たちの中で大きくなっていったと思う。

四人で色々なことをした。

家具の配置換えをしたり、手巻き寿司パーティーをしたり、みんなで買いものに行ったり。

七月に入ると、縁側で花火をしたりもした。

「うん、こういうのも風情があっていいもんだな」

「そうね。遠くに見る打ち上げ花火もいいけれど、こうして手元を見てやる花火も楽しいわ」

「小さい花火には小さい花火の良さがあるよな。ほら莉緒、いっしょに線香花火をやらないか？」

「きれいなオレンジ色……心に響いてくるような気がするわね」

「この線香花火を見ないと夏って気がしないよな」

「ふふ、確かに」

「ほらほら、お兄ちゃん莉緒お姉ちゃん、すみっこで線香花火ばっかりやってないで、こっちでいっしょにナイヤガラ花火をやろうよ〜！」

「これ、すっごいって話ですよぉ！」

「ん、おう」

「ふふふ、今行くわ」

　みんなでわいわいとやりながら、昔ながらの和風建築の、どこか心落ち着く縁側でする花火は、楽しかった。

　七夕には二階のベランダで、天の川の天体観測をしたりもした。

「わ〜、きれいきれい。ねえねえお兄ちゃん、すっごく光ってるけどあれは何の星座？」

「え？　ええと……あれは何だろうな、ムクドリ座かな」

「白鳥座よ。適当なことを教えるのはやめなさい」

「う、すまん……」

「天の川ってあのキラキラとしている大きなのですよねぇ？　ええと、確か七月七日になった瞬間に三十秒以内に願いごとを三回言えば叶うという……」

「それは流れ星じゃないのか……？」

「スーパーのモヤシの値段が十円を切りますようにスーパーのモヤシの値段が十円を切りますようにスーパーのモヤシの値段が十円を切りますように……」

「しかも願いごとのスケールが小さい⁉」

四人でただ星を見上げるだけの時間も、俺たちにとっては大切なものだった。

夏のある日には庭で、バーベキューをしたりもした。

「莉緒お姉ちゃん、このお肉、もう食べてもいいかな〜？」

「……まだよ、小春ちゃん。もう少し待ちなさい。そうね、あと三分十二秒。肉の声に耳を澄ませるの……っ……！」

「え？　あ、う、うんっ……」

「ええと、こっちの牛肉はもう食べられそうですよねぇ。ひょいっと——」

「……待ちなさい向日葵！　それはあと一分五秒寝かせておくのよ……っ！」

「は、はいぃ……」

「まさかの鍋奉行ならぬ肉奉行……（それもかなり厳しい）」

そんな毎日。

四人でいっしょにこの成瀬家で過ごす時間を通して、俺たちの絆は少しずつ深まっていったと思う。この四人でこの場所にいるのが当たり前になっていったし、一人でもいないと寂しいと感じるようになってしまった。時にはケンカをしたりもしたけれど、それでも深いところでは互いが互いのことを思い合っていた。

中でも楽しかったのは、あれだな、四人で海にピクニックに行った時のことだ。


その日は日曜日だった。

珍しく莉緒も俺もバイトが休みで、向日葵と小春も家にいた。外は長袖だと少し汗ばむくらいの気持ちのよい陽気で、家で何もせずにくすぶっているのは何となくもったいないような一日。朝飯を食べ終わってみんなで適当にしていると、小春がいいことを思い付いたって顔でこう言った。

「ねえねえ、これからみんなで、海に行かない？」

「海？」

「うん、そうだよ。せっかくこんないいお天気なんだから。かがやく太陽、真っ白な砂浜、よせては返すあおい波……♪」

目をキラキラと輝かせてそんなことを言う。

「海、か……」

確かに悪くない提案だった。気候的には問題ないし、ここ数年親戚宅でできるだけ波風を立てないように毎日を過ごしてきたため、海になんて行っていない。

「ふぅん、いいかもしれないわね」

「うんうん、海、行きたいです〜」

莉緒も向日葵も乗り気のようだった。そう答えながらすでにせっせと日焼け止めを塗り始めている。そうとくれば、俺としても反対する理由なんてこれっぽっちもない。

「それじゃあ……海に行くか！」

「「「はーい！」」」

というわけで、海に行くことになったのだ。

四人で色々と支度をして家を出る。向かった先は電車で四十分ほどいったところにある、シラス丼やサザエ丼などで有名な海だ。どうせなのでちょっと奮発して、特急列車に乗って行ってみようということになった。

「わ〜、何だか席がりっぱだよ〜」

小春が目を輝かせて声を上げる。

「特急仕様だな。ほら、こうやると対面型で四人で座れるようになるんだ」

「何だかちょっとした旅行って感じですねぇ。わくわくしてきます～」

「もう、二人とも子どもね」

そう言いながら真っ先に席に座る莉緒。

そんな莉緒を心の中で微笑ましく思いながら、出発駅で買ったお弁当を広げてみんなでわいわいと盛り上がった。四人で座る特急の席は、何だか懐かしいような新鮮なような、不思議な感覚にとらわれた。

四人で話をしていると、あっという間に目的地に到着した。

トレードマークにもなっている赤い駅舎が俺たちを迎えてくれている。海は駅から歩いて五分もしない距離にある。改札を出るなり強い潮の匂いが鼻をついた。

「わ、海の匂いがしますぅ」

「これってあれだよね～、ワカメの匂いとおんなじだ！」

「え、違いますよぉ、コンブの匂いと同じですぅ」

向日葵と小春が楽しそうに声を上げて笑う。

「それじゃあ小春ちゃん、どっちが先に海に着けるか競走しましょうかぁ？」

「あ、やるやる～。負けないよ、向日葵お姉ちゃん」

「よ～い、どん、ですぅ！」

そう言い合って走り出した小春たちの後を、莉緒と二人で笑い合いながらゆっくりと追いかける。海は本当に目と鼻の先だ。

砂浜に着くと、小春と向日葵が肩で息をしながら座りこんでいた。どうやら同着だったらしい。太陽に焼かれて熱くなった砂浜は、まだ海水浴には少し時期が早いということもあり、そこそこの混み具合だった。最盛期だと辺り一面を埋め尽くすほどの人が集まって、ほとんどイモ洗い状態になってしまうとのことだ。

適当な場所にビニールシートを敷いて、荷物を下ろして座りこむ。

「ふう、着いたな」

「わ、砂が熱いよ、向日葵お姉ちゃん」

「ほんとですねぇ、熱々ですぅ」

「卵を落としたら目玉焼きができちゃいそうだよ〜」

はしゃいだ声を上げる小春と向日葵。

そんな二人を見ながら、莉緒がなびく髪を片手で押さえて言った。

「それにしても気持ちのいい風ね」

「ん、そうだな」

「これが海風っていうのかしら。せっかくならこの気持ちのいい空気を肌で感じたいわよね。あんまり人もいないし、脱いじゃおうかしら」

「え？」

聞き間違いかと思う俺の前で、莉緒は着ていたワンピースに手をかけた。や、ちょ、ちょっと待った！　人が少ないといってもまったくいないわけじゃないし、ここはヌーディストビーチじゃないし、それはいくら何でもマズイだろう……！　だが止めようとするも間に合わず、莉緒は勢いよくワンピースをまくり上げた。その下からはあられもない下着姿が現れ………なかった。

「………へ？」

「……なーんて。大丈夫よ、ちゃんと下に水着を着てきたから。それとも何、瀬尾くんは私がこんな公衆の面前で裸になる痴女だとでも思った？」

「そ、そんなことは」

「ふふ、どうだか」

そう言って少しだけいたずらっぽく笑う。

何だかいつもよりも莉緒の距離が近いような気がした。笑顔が多いというか何というか。初夏の心地好い空気が莉緒を開放的にしているのかもしれない。

小春と向日葵もしっかり水着を下に着込んできていた。

荷物番をする俺の視線の先で、三人で黄色い声を上げながら、波打ち際でパチャパチャと楽しそうに水遊びをする。

「見て見て小春ちゃん、お魚さんがいるよぉ！」

「あ、ほんとだ～。カニさんとヤドカリさんもいる」

「つかまえられるかなぁ？　あ、逃げちゃった。残念です～」

「ん～、残念。あ、だったら水のかけっこしようよ～。ほら、莉緒お姉ちゃん、くらえ～♪」

「……あら、やる気？　ふふ、挑戦してくるというのなら、小春ちゃん相手でも容赦はしないわ。くらいなさい」

「きゃっ。あはは～、向日葵お姉ちゃんも～」

「やりますか～？　こう見えても水鉄砲の向日葵ちゃんって自分で名乗っていた時期もあるくらいなんですよぉ」

何というか、この上なく平和だった。


昼食は家から持ってきたお弁当を砂浜で食べた。

寄せては返す波を眺めながらお手製の稲荷寿司を頬張る。うーん、海を見ながら食べるご飯は格別だな……などと思っていると。

ヒュン……ッ！

「うおっ！」

ふいに何か黒い影のようなものが空から突っ込んできて、俺の右手にあった稲荷寿司を奪っていった。な、何だ……？

見上げるとそこにはこっちを探るかのようにグルグルと飛んでいる何匹もの鳥。すぐ脇には『トンビに注意』と書かれた看板があった。く、これが本当のトンビに油揚げをさらわれるってやつか。おのれ、それは私のお稲荷さんだ……！

「鳥類ごときに油断をしてるからそうなるのよ。ほら、ちゃんと人間としての威風を持って悠々とした態度を取っていれば大丈夫――きゃあっ⁉」

悠々と口に運ぼうとした莉緒の稲荷寿司が、一瞬にして上空へとさらわれていった。

「……ええと、人間としての威風が何だっけ？」

「……焼き鳥にしてあげるわ」

手にしていた箸にぐっと力が込められる。

何ていうか、意外と気が短いよな、莉緒って。

昼食を終えた後は、辺りを散策して楽しんだ。

さすがに有名観光地だけあって色々と見るところがあった。船着き場や市場や土産屋など。砂浜の近くには堤防のようなものもあり、釣りをしている人の姿も目に入った。小春と向日葵がうなずき合いながら駆け寄っていって、興味深そうに何やら話を聞いている。

「わ～い、お兄ちゃん、これもらったよ」

「ん、どれどれ……って、でかっ！」

「ええと、マゴチだって。お刺身にして食べるとおいしいって言ってたよ？」

「しかもまだ生きてるし……」

「ビチビチしてるわね……」

　予想外の活きのよすぎるお土産をもらいつつ、近くにある水族館に行ったりもした。

「すごいすごい、たくさんお魚さんがいますぅ。あれはイカで、あっちのはエイとサメで……お兄さん、あれは何ですか？」

「あれはアジだな。けっこうでかい」

「わぁ、なめろうとかたたきにすると美味しいんですよね～」

「ねえねえお兄ちゃん、あっちのは？」

「ん、たぶんイワシだな」

「そうなんだ～？　イワシって、梅煮にするのがいいよね～」

「食べる話しかしてないな……」

「ふふ」

　そんな会話をしながら、四人で少し薄暗い水族館を歩いていく。

　穏やかな時間が流れていた。

　賑やかで楽しいんだけれど、どこか落ち着いていて居心地のいい時間。ずっとこの空気に浸っていたいと思ってしまう。

そんな中、小春がふいにこんなことを言った。

「ねえねえ、わたしたちって、〝家族〟かな?」

「え?」

「まわりの人たちから見たら、〝家族〟に見えるのかな? 莉緒お姉ちゃんがお母さんで、お兄ちゃんがお父さん、向日葵お姉ちゃんがお姉ちゃんで……うん、これって、〝家族〟だよ。まちがいないと思う」

自分で訊いておきながら、自分で納得して「うんうん♪」とうなずく。こういうところは小春らしいというか、たくましく育ってくれてお兄ちゃんとしては嬉しい。

――それにしても、〝家族〟か……

実際のところ周りから見たらどういう風に見えるんだろうか。まあ、莉緒と俺はさすがに夫婦には見えないだろうが、仲の良い〝家族〟には見えたりするんだろうか。

分からないが、そう見えたらいいな、と思ったりもした。

その後、お土産を買ったりして、帰路に就くことになった。

帰りは特急ではない急行電車。

始発駅であるおかげで座ることができたが、その車内ではさすがに一日遊んで疲れたのか、小春と向日葵はすぐにすーすーと寝息を立て始めてしまった。

俺と莉緒に挟まれて、互いに互いの肩にもたれかかるようにしながら気持ちよさそうに眠っている。ほんと、この二人は仲がいいな。

そこで莉緒がぽつりと言った。

「……いいものね、こういうのも」

「ん？」

「どんな場面でも笑みが絶えなくて、いっしょにいるだけで何だか時間がゆっくりと流れているような気がする。気の置けない大切なだれかがいて、帰るべき場所がある。これ以上幸せなことはないわ。……小春ちゃんも言っていたけれど、〝家族〟って、こういうものなのかしら」

遠くを見るようにそうつぶやく。

「そうかもしれないな……」

俺たちにとってもそうであるように、莉緒にとってもまた〝家族〟というものを経験するのはこれが初めてなのかもしれない。何となく、そう思った。

「いつまでも、こんな毎日が続けばいいのに」

ぽろりと口から出たその一言には、確かに莉緒の本心があらわれていたのだと思う。

だけどそんなささやかともいえる願いすらも、この世の中ではなかなか叶わないものらしい。

莉緒の、俺たちの小さな望みは、あっけなく終わりを迎えることとなる。

2

それはいきなりやって来た。

四人での海へのピクニックから数日が経った、肌に突き刺さるような七月の日射しが照り付ける午後。学校から帰ってきて、庭でトマトの水やりと鳥の巣箱の手入れをしていた俺に、ふいに声がかけられた。

「……おいお前、この家のもんか？」

「え？」

見上げるとそこには見慣れないおっさんの顔。タバコを吹かしながら、ジロリと俺の顔を見た。

「だから、お前はこの家のもんかって訊いてんだよ。どうなんだ？」

「や、俺は同居人というか何というか……」

「ちっ……じゃあ家主はいるか？」

「家主？」

「ああ、成瀬の娘がいるだろう」

向日葵の父親と同じくらいの歳に見えるそのおっさんは、ぞんざいな感じにそう言い放った。

成瀬の娘ってことは、莉緒の知り合いか何かなのか？

とりあえず俺じゃあ埒があかなかったので、家の中で夕方のニュース番組を見ていた莉緒を呼んでくることにする。面倒くさそうに玄関から出てきた莉緒はおっさんの顔を見ると、怪訝そうにこう口にした。

「？　どちらさまかしら？」

「え？」

莉緒の知り合いじゃないのか？

莉緒の顔を見るも首を横に振る。首を傾げる俺たちに、おっさんは乱暴にこう口にした。

「ちっ……オレは溝口安志。この家と土地の所有者である溝口友蔵の息子だよ」

「この家と土地の所有者……？」

「ああ、そうだ。今日はこの家のことでお前らに話があって来た」

おっさんがうなずく。

「この家と土地は、オレのオヤジが成瀬のばあさんに厚意で貸し出していたものだ。もう二十年になるか。知らなかったのか？」

「おばあちゃんが、友達に借りているってことは知っていたけれど……」

莉緒(りお)が戸惑ったように俺の顔を見る。

どうやら当の莉緒(りお)にもそのあたりのことはよく分かっていないらしい。

「……ふう、やれやれ。話になんねぇな。まあガキじゃあこんなもんか」

大げさにため息を吐きながらそんなことを言うおっさん。さっきから、というか最初からずっとなんだが、すげぇ感じ悪いな……

「……それで、あんたは何しに来たんですか？」

俺が訝(いぶか)しげな声でそう尋ねると、おっさんはジロリとこっちを見て答えた。

「あ？　オレが何しに来たかって。んなもん決まってるだろう。家と土地の所有者様がわざわざ来てやったんだ。それくらい察しろっての」

そう馬鹿にしたように吐き捨てると、
おっさんは、こう言ったのだった。

「――今日オレが来た理由は簡単だ。この土地と家は今後オレが管理を任されることになった。端的に言って、お前らにこの家から出て行ってもらいたいと考えているんだがね」

居間には重苦しい空気が漂っていた。

木製のセンターテーブルを囲んで、莉緒、俺、向日葵、小春の四人が深刻な表情で顔を突き合わせている。

「……つまり、退去勧告ってことか」

俺のその言葉に、部屋の空気がザワリと動いたような気がした。

溝口安志と名乗ったおっさんが言った話をまとめるとこうだ。

俺たちが住んでいるこの家は、莉緒のおばあちゃんの友達である溝口友蔵――友蔵おじいさんのものだった。そしてつい先日、その友蔵おじいさんから息子であるおっさんが管理を任されることとなった。おっさんとしてはここを潰して駐車場かマンションを作るつもりである。ゆえに邪魔者である俺たちには速やかに出て行ってもらいたい。言い方はもっと乱暴だったが、内容としてはだいたいそんな感じだったと思う。

というかそもそもこの家が借家だったことが驚きだった。家主があまりにも我が物顔だったからてっきり持ち家なのかと思っていたんだが……

「……おばあちゃんから、この家が借家だということは聞いていたわ。でもそれは友達から借りたもので、ほとんど期限なんてないものだって言っていたのに……」

莉緒が目を伏せながらそう漏らす。つまり、詳しいことは莉緒もよく分かってなかったってわけか。

だが何にせよ、話としてはいちおうは筋が通っている。

家主がその所有している家から出て行けと言うのなら借り主としてはそれに従うしかないだろうし、おばあちゃんが借り主であった莉緒や、ましてやその莉緒に同居を許してもらっている身の俺たちとしては、どうしようもない。

「詰み、か……」

なってみるとあっけないものだった。

この二ヶ月で積み上げてきたものが、ポロポロと崩れ落ちていく。

だが……そうするとどうなるんだろう。

莉緒はこの家以外にどこか行く先はあるのだろうか。向日葵は……気は進まないが実家に帰らせるしかないだろう。俺たちも、考える限りどこも行き先がなかったが、それはこれから考えるしかない。いくら何でも明日すぐに出て行けと言われるわけではないだろうし。

そんなことを考えていると、ぽつりと声が漏れた。

「わたし……いや、です……」

「向日葵……？」

「わ、わたし……ここを離れたくありません……こ、こんなことで……わたしたちの関係が、〝家族〟が終わってしまうのは、いやです……っ……！　ここはやっと見つけた、安心できる場所なんです、自分が出せる場所なんです……！　ここ以外のところには、行きたくありません。莉緒さんと小春ちゃんとお兄さんがいないと、いやです……！」

「向日葵、気持ちは分かるが……」

「わ、わたしも……いや……」

「こ、小春……？」

「莉緒お姉ちゃんとも向日葵お姉ちゃんとも……はなれるのはいやだよぉ……！　ずっと、ずっとみんなでいられると思ったのに……そ、そんなのそんなの～……」

向日葵と二人で必死な顔でそう訴えかけてくる。いつもは聞き分けのいい小春までこんなことを言うなんて……

それは、俺だってイヤだ。この家は行く当てのなかった俺たちを受け入れてくれたただ一つの場所だし、今となっては愛着すらある。それに莉緒、向日葵、小春と暮らす毎日はかけがえのないものだ。それを失うのは心の支えを奪われるのと同じくらいにきつい。だけど現実的に考えて、この状況では『幸せ二世帯同居計画＋一』を継続することはほぼ不可能に近いわけで……

とはいえほとんど泣きそうな顔の小春たちにそのことを告げるのはためらわれた。

なので俺は、こう言った。

「とにかく、何か方策はないか考えてみよう。まだ時間はある……と思う」

「……はい……」

「……う、ううっ……」

心許なそうな表情で見上げてくる向日葵と小春。

「………」

そんな中、莉緒は何かを考えこむようにほとんど無言だった。


「……なあ、他人の家に権利がないのに住み続けるのって、どうやったらいいと思う？」

「え？」

翌日。学校で俺は、橘さんにそう相談した。

「ちょっと事情があって、他人が所有している家に住みたいんだ。家主には渋い顔をされているんだが……」

「そ、それって、地上げとか占有屋とか、一家みなごろしにしてとかの話、じゃないですよね……？」

「や、そうじゃなくて……」

青い顔になる橘さんに慌てて事情を説明する。どうしてみんなすぐに犯罪に結びつけようとするのかね……

「あ、そ、そういうことだったんですね……」

「ああ、それでどうにかならないかと思ってな」

「ううん、分からないですけど、家主さんが返してくれって言ってるなら返さないとっていう気持ちになりますよね……」

「そうだよな……」

　それが道理ってもんだ。貸してくれている相手が返却を求めている以上、それに応じないことには抵抗がある。

「あ、でも日本の法律だと賃借人はけっこう手厚く守られているらしいから、そのへんの法律をうまく使えば追い出されなくて済むみたいですよ？　ていうか、そのまま強引に住み続けちゃえば、実力行使でもされない限り退去させるのは難しいって……」

「強引に……？」

「はい、強引に」

　つまりは何を言われても無視して居座り続ければそう簡単には追い出されないってことか。

だけどあの家と土地はもともとは莉緒（りお）のおばあちゃんの友達が、おばあちゃんを信頼して貸してくれたものだという。だとすればそんなことをするのは恩を仇（あだ）で返すようなカタチになってしまう。それはできれば避けたいところだ。

「ん、色々教えてくれてサンキュ。だけど、さすがにそれはちょっと気が引けるというか……」

「う、うーん、そうですよね。法律上はいいとはいっても、感情的な面では憚られますもんね……」

橘さんが眼鏡の奥の表情を曇らせる。

「ていうか橘さん、詳しいんだな。今、橘さんが教えてくれたようなこと、俺ぜんぜん知らなかった」

「あ、いえ、お父さんがそっち関係の仕事をしてるから、ちょっと聞きかじったことがあるだけで……」

「そっち関係……」

って、どっち関係……？　ま、まさか、ヤの付く自由業とか地上げ屋とか……？

「ち、違います違います！　弁護士をやっているんです！」

「あ、ああ、そうなのか」

一瞬勘違いしてしまった。

だけど考えてみれば橘さんも真面目そうだし、お父さんがそういった堅い職業なのはある意味納得かもしれない。

その後も頭を悩ませて色々と方法を模索してみた。

けれど結局これはという有効な手立ては見つからないまま……十日が過ぎた。

3

何かを叩くような大きな音で目が覚めた。

窓の外で大合唱する蝉の声をかき消すかのように、ガンガンガンガン！　という耳障りな音がどこからか響いてきている。

「何だ……？」

道路工事か何かか？　だけど土曜日のこんな朝から非常識すぎる。

隣では小春も「うにゃ……何の音……？」と仔猫のようにもぞもぞと布団から出てくる。眠そうな顔でまぶたをこする小春と顔を見合わせて一階へと下りると、莉緒と向日葵もすでに起きてきていた。

「何の音なんだ、これ……？」

「分からないわ。私たちも今起きてきたところだから……」

「う、うるさいですぅ……」

音はどうやら庭の方から響いてきているようだ。

四人で玄関から庭へと回ってみる。

するとそこにいたのは……

「あんたは……」

「ん、やっと起きてきたのかガキども。揃って寝坊とはいい身分だな」

見ればこの前のおっさんが、数人のガラの悪い男たちを連れて何かをやっていた。

大きな木製のハンマーを振り上げて、地面に杭のようなものを打ち込んでいる。音の原因はこれか。その杭には、家の周りを取り囲むようにロープのようなものが張り巡らされている。

ロープにかけられた板には、『私有地につき立ち入り禁止』と書かれていた。

「ちょ、あんた、勝手に何やってんだ！」

俺が抗議すると、おっさんはうるさそうに手で払う仕草をした。

「あ？　何やってんだも何もねぇよ。お前らがさっさと出て行かねぇから、オレたちが退去作業を進めてやってんだろうが」

「さっさとって……」

退去の勧告を受けてからまだ十日しか過ぎていない。いくら何でもこれは性急すぎる。

「うるせぇな。ここはオレのオヤジの所有物なんだ。だったら貸主様が何しようと勝手だろうが。ただ恩恵にあずかってるだけの金も権利もない貧乏人ごときがガタガタ抜かすんじゃねぇよ」

「ぐ……」

言いたい放題だな。

だが言っていること自体はその通りな部分もあり、強くは言い返せない。

拳を握りしめて歯噛み(はが)をしていると、おっさんはふと木の上にあった鳥の巣箱に目をやった。

「ん、何だありゃあ？　ちっ、邪魔だな。おい、どけちまえよ」

「ウス」

おっさんの声を受けた体格のいい男の一人が、鳥の巣箱を取り外そうとする。

それを見た小春(こはる)が反応した。

「だ、だめ～！」

「あん？」

「そ、それは莉緒(りお)お姉ちゃんとお兄ちゃんが材料を買ってきてくれて、作ってくれた大事な巣箱なの！　この前からヒヨドリの親子がやっと来てくれるようになったの！　だから……」

おっさんの足にすがりついて何とか止めようとする。

だけどおっさんはそれに目もくれようとしない。

「邪魔だ、ガキはどいてろ」

ドン……！

乱暴に押されて、小春(こはる)が地面に尻もちをつく。

「小春(こはる)！」「小春ちゃん！」「小春ちゃんっ！」

慌てて三人で小春のもとに駆け寄る。こんなほんの小学生相手に暴力を振るうとか、いいかげんにしろよこの野郎……！

「だ、だめなの……」

「ああん？」

だけど突き倒されながらも、小春はなおも声を上げる。

「こ、これは、とっても大切なものなの！　お兄ちゃんとお姉ちゃんが仲良くなった日に作ってくれたもので……だから、だから、とっちゃだめで……う……うわぁあああああああああああああん……！」

とうとう泣き出してしまった。

その泣き声を聞きつけたのか、近所からおばちゃんたちが出て来た。泣いている小春の姿を見て鬼の形相になる。「ちょっとあんた、小春ちゃんに何してるんだい！」「いい大人が子どもを泣かして！」「警察呼ぶよ！」

その非難の声に、おっさんが顔をしかめた。

「……ちっ、ぞろぞろ集まってきやがって。まあいい。今日のところはこれで引き上げだ。だけどすぐにまた来るからよ。せいぜいそれまでに出て行く準備をしておくんだな」

そう言っておっさんたちは帰っていった。

「大丈夫かい小春ちゃん！」「ひどいことするねぇ」「塩まいときな、塩」そう言いながらおばちゃんたちが心配そうに駆け寄ってきてくれる。

だけど後には、無惨に地面に打ちつけられた杭が深々と残されていたのだった。


「小春ちゃん、眠ったみたいです……」

泣き疲れた小春を客間の布団で寝付かせてくれて、戻ってきた向日葵がそう口にした。

「そっか。ありがとな、向日葵」

「い、いいえ、わたしは何も……」

ぶんぶんと顔の前で手を振る向日葵。

だけどすぐに表情を沈ませて言った。

「それにしても……大変でしたね……」

「ああ……」

「これからも、こういうことが続くんでしょうか……」

「分からん……」

だけどあのおっさんの口振りからすると、おそらくまたすぐにやって来るだろう。俺たちが出て行くまで、嫌がらせを続けてくるに違いない。

「……」

本当にもうダメなのか……？

このまま諦めるしかないのか。あんな突然現れたワケの分からないやつに好きなようにされて、本当に『幸せ二世帯同居計画＋一』は、この成瀬家での生活はなくなってしまうのか。そんなのは考えれば考えるほど理不尽なものであって……

「……何とか、しよう」

「え……？」

「……このままあのおっさんに無理やり追い出されるなんて、いくら何でも納得がいかない。何としてでも対抗策を考えよう」

こうなったら強引に住み続けることも視野に入れて動くしかないかもしれない。強硬手段には抵抗があったが、相手があんな悪質な手段でくる以上、こっちも真っ正直に動く必要なんてこれっぽっちもない。とはいえ一つ気にかかることがあった。まずはそれを莉緒に確かめてみることが先決であるのだが……

「……ん？」

と、そこで気付いた。

そういえば、さっきから莉緒の姿が見当たらない。

「なあ、莉緒はどこに行ったんだ？」

「え？　あ、そういえば見かけませんね……」

向日葵(ひまわり)も知らないようだ。

家から出て行った様子はないから、二階だろうか。

「莉緒(りお)？」

階段を昇り二階へと行く。

開け放たれた和室には莉緒(りお)の姿はない。と、ベランダへと続く窓が開いているのが目に入った。ベランダに出ているんだろうか。だけど窓から顔を出して辺りを見回してみても、やはりそこに莉緒(りお)の姿はなかった。本当にどこに行ったんだ？

「――こっちよ」

「え？」

ふいに頭上から声が聞こえた。顔を上げて見ると、そこには屋根の上から空を見つめる、莉緒(りお)の姿があった。

「何やってんだよ、そんなところで」

「ふん、ちょっと、ね……」

「そっち、行ってもいいか？」

「いいわよ。別に私一人の場所というわけでもないし」

莉緒(りお)の許可を得て、ベランダから屋根へと続くハシゴをよじのぼって、隣に座る。

屋根の上からは、遠くの山々までよく見えた。

「お、見晴らしがいいな。大晴山まで見える。こんなところがあったんだな」

「……子どもの頃から、気分が落ち込んだ時にはここに来ていたの。ここから広がる景色を見ると、何だか自分の悩みが小さなことのように思えて気分が良くなったから。秘密のパワースポットみたいなものね」

「え、よかったのか？」

そんな大事な場所を俺に教えて。

「構わないわよ。あなたたちには、別に隠しておくつもりもなかったし」

そう言って、莉緒は遠くを見て黙りこんだ。

気持ちのいい夏の午後だった。青い空から降り注ぐ温かな太陽の光。空気は澄み渡っていて、ほどよく風が吹いている。庭の柿の木では蝉が鳴いていて、さらには鳥の巣箱に小春の言っていたヒヨドリの親子がやって来ているのが見える。

それはここ二ヶ月で見慣れた、心落ち着く光景。

だけどこれが、もうあと少しもすれば見られなくなるものかもしれないのであり……

「……この景色も見納めなのかしら」

莉緒が、ぽつりと言った。

「おばあちゃんとここに住み始めたのが小学校に上がる前くらいからだから……もう十年もここで暮らしているっていうのに。それがあんな下衆の手に渡るくらいなら、いっそ燃やしてしまおうかしら」

「おいおい」

物騒だな。とはいえ莉緒なら本気でやりかねないかもしれないところが怖い。

「……冗談よ」

そう言って莉緒は小さく笑う。だけどその目は笑っていなかった。

「……引っ越しの準備をしないといけないかもしれないわね」

「莉緒……」

「……すぐには新しい行き先は見つからないかもしれないから、しばらくはホテル住まいになるかもしれないわね。向日葵は……業腹だけど、ひとまず実家に帰すしかないでしょう。あなたたちはどうするの。どこか行く当てはあるの？」

半ば投げやりな声でそう言う。

「……莉緒はそれでいいのか？」

「……」

「……このまま、諦めるだけでいいのか？　せっかく見つけた俺たちの、〝家族〟の場所なのに、それが壊されるのをただ黙ってみているだけでいいのか……？」

「……」

「莉緒……！」

「………」

莉緒に投げかける声は自分で思っていたよりも熱を帯びていた。

それは言っている内容が、俺自身に対する問いかけでもあったからかもしれない。

ややあって、莉緒は小さく答えた。

「……いいわけ……ないでしょう……」

その声には、どうしようもない悔しさがにじみ出ていた。

「どうして……どうしてこんなことで、この家を追い出されなきゃいけないの？　あんなくだらない下衆の好きにされなきゃいけないの？　この二ヶ月間……本当に、本当に楽しかった。〝妖精さん〟から始まって、途中で〝エルフちゃん〟と〝ピクシーちゃん〟が、〝ムーミン〟が加わって、もっと賑やかなものになった。それは傍から見れば茶番かもしれないけど、私にとってはとても温かくて、とても大切なものだったのに……！」

「……」

「この家は、この場所は私の全てよ……！　ここであなたたちと……〝家族〟といっしょに暮らすことが、私の唯一の幸せであって生きる糧だった。それがこんなカタチで奪われて……納得がいくわけないじゃない……！　許せないわよ！　あいつを……あの下衆を殺してやりたいくらい……っ……！」

「莉緒……」

「……っ……！」

ぶつける先のない感情をもてあますように俺にしがみついて嗚咽を漏らす。

それはきっと莉緒が初めて見せた、激しいまでの憤りの感情だった。

「……」

しばらくの間、莉緒は俺の両腕を摑んだまま荒く肩を上下させていた。まるで大声で泣く小さな子どものように俺の腕を握り続けていた。

どれくらいそうしていただろう。

やがて少し落ち着いたのか、莉緒は深く息を吐いて、ゆっくりと顔を上げる。

そして、何か重く暗いものを吐き出すかのように、こう口にした。

「……私ね、一度、〝家族〟をなくしているの」

「……！」

それは、告白だった。

小さく頭を振って、莉緒は続けた。

「……ううん、それ以前に、そもそもあれはまともな〝家族〟と言えたのかも定かじゃないわね。子どもの頃から変だとは思っていた。週に一度しか家に帰ってこない父親。そんな父親の機嫌を損ねないようにする母親。父親が来てくれないと、あんたの愛想が悪いせいだと言って私を叩いたわ。だから私は〝いい子〟でいようとがんばったわ。私が〝いい子〟でいれば父親はもっと家に来てくれるんじゃないか、母親も笑ってくれるんじゃないかって。そう思ったから。もっとも、そういう問題じゃなかったみたいだけど」

「え……？」

「……愛人だったのよ、私の母親。向こうにはちゃんと正式な〝家族〟があったってわけ。それは、気が向いた時にしか来ないわけよね。それでも私が小学校に上がる前くらいまでは時々父親は顔を見せていた。最低限度の……そう本当に最低限度の責任は果たしていた。でもある日、父親は——あいつは言ったの。『もう来られない』って」

「……」

「何のことはないわ。私たちのことが向こうの家で露見して、手を切れって言われたみたい。あくまでうちの方が日陰の立場だったし、向こうはそれなりに社会的地位のある家だったみたいだからね。母親と私はあっさり捨てられたの、僅かな手切れ金とともに」

何かを見限るかのように目を細める。

「それからはひどかったわ。母親はもともと父親に依存していたから、しばらくは泣いてわめいて手がつけられなかった。父親が去っていったのは私のせいだと言って私を叩いた。だけどそれも長くは続かなかった。すぐに新しい男を作って出て行ったわ。だれか依存する相手がいないと生きていけないような人だったから当然の結果かもしれないけれど。そして一人残された私は一ヶ月以上放置されて、あと少しで衰弱死というところを母親の母親……おばあちゃんに発見されたの。それ以来、おばあちゃんといっしょにこの家で暮らしていたのよ」

「……」

それが……莉緒の過去か。

それは想像していたものよりも、ずっと過酷でずっと壮絶なものだった。莉緒も俺たちと同じように、いや俺たち以上に〝家族〟というものに恵まれてこなかったんだと、改めて思い知らされた。

「思えば、他人を信じられなくなったのはこの頃からなのかもしれないわね。人間なんて、みんな私利私欲でしか動かないと思った。本来だったらこの世で最も信じられるはずの父親や母親ですらそうなんだから……赤の他人なんて言わずもがなよね。だけどおばあちゃんは、そう言う私をたしなめてくれたの。『そんな悲しいことを言っちゃあいけないよ』。そう言って、〝妖精さん〟のお話をよくしてくれたの」

「〝妖精さん〟の……？」

「ええ……」

その時を思い出すかのように莉緒が目を閉じる。

『いいかい、莉緒が周りの人たちのことを信頼して、優しい心を持つことができていれば、〝妖精さん〟がやって来てくれるんだよ』

『ようせい、さん？』

『ああ、そうだよ。いつだって莉緒の傍にいて、莉緒の味方をしてくれるかわいい〝妖精さん〟だ。その〝妖精さん〟たちは莉緒の周りを信じる心にきっと応えてくれる。どんな時だって、莉緒のことを助けてくれるんだよ』

『わかった。じゃありお、まわりの人たちのこと、しんじるようにするね！』

「……毎日、眠る前にその話をしてくれたわ。いつかやって来てくれるかわいい〝妖精さん〟の話。私はその話が、大好きだった……」

「……」

「でもそのおばあちゃんも……私が中学生の頃に、亡くなったわ。唯一の、〝家族〟と言えるかもしれない人がいなくなったの。親友に裏切られたのも、ちょうどその頃。それから、私は完全に人を信じられなくなったわ……」

そんなことがあったのか……

だから莉緒は……最初に俺と会った時に、〝妖精さん〟なんていう突拍子もない話を信じたのか。おばあちゃんがしてくれたその話があったから……

「……ねえ、瀬尾くん、私といっしょに……ここから飛び降りない？」

「え……？」

莉緒が、まるで息を吐くように自然にそう言った。

「もう……疲れちゃった。〝家族〟を失うのも、他人を信じようとするのも」

どこか空虚な響きをはらんだ声でそう薄く笑う。

その表情には、諦めと失意が色濃く浮かんでいた。

――そうだ、莉緒は最初から、俺たちのだれよりも〝家族〟を大事にしていた。その関係を、その言葉を裏切るような行動は一度たりともとることがなかった。他人は信じることができないのに、〝家族〟と認めた相手はどこまでも信頼して、全てを預けて全てを受け入れることができる。それはともすれば危うくもあるものだが、そこにはきっと、一度失い、それからも手に入れることが叶わなかった〝家族〟に対する特別な想いがあるんだろう。

だからこそ莉緒はだれよりも〝家族〟を失うことを恐れている。今のこの状況に絶望している。それこそ、何もかもを投げ出して諦めてしまおうとするくらいに。

「……いいさ、莉緒が望むのなら、いっしょに飛び降りてもいい」

「……」

俺はそう言った。

差し出された莉緒の手を握り返し、立ち上がって一歩前に出る。

そうすることでしか莉緒が救われないというのなら、その意思に殉じよう。

だけどそれは本当に莉緒の心からの望みなのか？

「…………」

莉緒に手を引かれたまま、歩みを進める。

古ぼけた屋根の端が足もとにまで迫る。ギシリ、という屋根の軋む音。その向こうには、剝き出しの地面が口を開けて広がっていた。

「……本当に、いいの？」

「……ああ、莉緒が本当にそう望むなら……」

「……」

「……」

「……」

握られた手にぎゅっと力が込められる。

小さな震えが隣から直接伝わってくる。

一分がまるで十倍にも二十倍にも感じられるような時間。

そこからさらに莉緒は一歩踏み出そうとして……

…………

……


「…………冗談、よ」

そう息を吐いて、莉緒はピタリと足を止めた。

「……冗談、そう、こんなのはほんの冗談。瀬尾くんのことを、ちょっとからかってみたの。本当に、飛び降りるとでも思った？」

「……莉緒」

「……だから、冗談だって──」

無理やりに笑おうとする莉緒を、俺は強く抱きしめた。

「ちょ、ちょ、な……!?」

「──大丈夫だ」

「え……？」

「俺は……莉緒の傍から勝手にいなくなったりしない。〝家族〟を見捨てたりしない。莉緒の……俺たちの大切な場所であるこの家を、〝家族〟を、あんなやつのよく分からない事情で壊されてたまるかってんだ……！」

「瀬尾、くん……」

「だから……まだ諦めるな。諦めたら何もかもおしまいだ。まだ、やれることはある」

莉緒の柔らかな温もりを腕の中に感じたままそう強く口にする。

それは莉緒の望みであり、俺の望みであり……そして俺たち〝家族〟の望みだ。

「……して……」

「ん？」

「……どう……して……瀬尾くんは……そこまでしてくれるの……？」

喉の奥から絞り出すような言葉。

こっちを見上げる莉緒の大きな瞳からは、涙がポロポロとこぼれていた。日の光が反射してそれが水面のように頼りなくキラキラと光る。その姿は普段の莉緒とはかけ離れた弱々しいものであり、触れればそのままどこかに消えていってしまいそうなほど儚いものだった。

「……」

どうして、か……

そんなもの、理由付けしようと思えばいくらだって理由はある。〝家族〟だから。放っておけないから。莉緒が大事な存在だから。

だけどその中でも、あえて一つを選ぶとしたら……

俺は莉緒の顔を真っ直ぐに見て、こう口にした。

「そんなの、決まってるだろ」

「……？」

「俺が莉緒のためにここまでする理由……そんなのは、一つだ」

そう……そんなのは、一つしかない。

「だって俺は……莉緒の〝家族〟であり、〝妖精さん〟だからな。〝妖精さん〟は、いつでもお前の……成瀬莉緒の味方なんだよ」

4

翌日。

俺は莉緒といっしょに、とある場所へと向かっていた。

その場所というのは、成瀬家から電車で一時間、そこからさらに徒歩で十五分ほど行ったところに立つ、ある施設だった。

「ここ、か……」

メモに書かれた住所を確認する。

『亀巻温泉高齢者養老施設』

書かれた住所と目の前にある施設の住所は一致している。確かにここで間違いないようだ。

莉緒と顔を合わせてうなずき合う。

　これから、俺たちはここでとある人物と会わなければならないのだ。


〝妖精さん〟として莉緒のためにとことんまでやれることはやると腹を決めた俺は、すぐに〝家族〟を守るための、『幸せ二世帯同居計画＋一』を存続させるための行動に移った。

　まず俺たちが向かったのはあのおっさんの家だった。これはあのおっさんの家を闇討ちして焼き討ちにするため……ではもちろんなく（莉緒はやりたそうだったが）、正確に言えばその近所に用があったのだ。

　ただし、そこに向かうのは小春と向日葵の二人である。

「お兄ちゃん、うまくいったよ～！」

「ミッションコンプリートですぅ」

　と、そこで小春と向日葵が戻ってきた。

「おお、本当か」

「うん、ばっちりきけたよ、お兄ちゃん！」

「大成功ですぅ」

　嬉しそうな様子の小春と向日葵。何が聞けたのかというと……

「やっぱり友蔵おじいちゃん、今は実家にはいないみたい。ここからは離れたところにある、えと、何だっけ……」

「『亀巻温泉高齢者養老施設』という施設に入れられてしまっているそうですぅ」

小春と向日葵に訊いてもらってきたのは、あの成瀬家の家と土地を貸してくれたという、おじいちゃんの行方だった。

そう、一つどうしても気になっていたのだ。

あの時、おっさんは「この土地と家は、今後オレが管理を任されることになった」と言っていた。遺産として相続したとも、オレの物になったとも言っていない。だとしたら……莉緒のおばあちゃんに直接あの家と土地を貸したというおじいちゃん――友蔵さんはどうしてるんだ？　分からんが、友蔵さんの意思がきちん介在しているのなら、あんな風に聞く耳すら持たずに一方的に出て行けなどと言うようには……思えない。

だから小春と向日葵に頼んで、近所の家に聞き込みに言ってもらったのだ。さすが我が家の愛らしいイノセントシスターズだけあって、ほとんどの大人はこの無邪気な笑みを浮かべられれば大抵のことを喋ってしまうんだよな。

「あのねあのね、おじいちゃんは、まだまだぜんぜん元気なんだって」

「それなのに、あの怖い人が無理強いして、お家から追い出してしまったみたいなんです～」

どうやら友蔵さんは、最近どこからか戻ってきた安志に、老人ホームに入れられてしまったとのことらしい。まだ全然元気だったらしいが、安志（やすし）に押し込められるように半ば無理やりに決められてしまったのだという。

さらにはあの安志（やすし）は、ギャンブル好きで借金があって、昔ほとんど勘当されるように家を飛び出していったのだとか。家と土地を処分したいのも、借金の返済にあてたいからなのではないかとのことだった。

「……ふん、思った通りの下衆（げす）ね、あの男」

「まあ……見たまんまだったってことか」

何にせよ、俺の予測は外れていなかったようだ。ほぼ間違いなく、今回の退去勧告に友蔵（ともぞう）さんは関わっていない。

「てことは……友蔵（ともぞう）さんに直接話せば、まだ何とかなるかもしれない！」

だったら……やることは一つだ。

そう判断して、俺たちは友蔵（ともぞう）さんが入っているという老人養護施設へと向かったのだった。

『亀巻（かめまき）温泉高齢者養老施設』は、ともすれば普通の温泉施設と見間違えるような小綺麗（こぎれい）なところだった。

一般の商業温泉施設に併設されていて、施設内の温泉は料金を払えば外部の人間も普通に使用できるという。おかげで俺たちも特に問題なく中に入ることができた。受付で、知人なので溝口友蔵さんと面会をさせてほしいと頼むと、あっけないくらい簡単に了承された。

「それでは二一〇号室へとお進みください。あちらのエレベーターで二階に上って、出てすぐ右手に進んだところです」

受付にお礼を言って、莉緒と二人でエレベーターへと向かう。

ここに来るのに、小春と向日葵は家に置いてきた。遠い場所だったし、もしかしたらそれなりに重い話になるかもしれないので、二人は同席しない方がいいと判断したのだ。

受付で言われた通りに進んでいくと、すぐに二一〇号室は見えてきた。

二階の一番奥にある角部屋で、ネームプレートには『溝口友蔵』と書かれている。ドアをノックすると、中から「はいどうぞ」という穏やかそうな声が返ってきた。

莉緒とうなずき合って、ドアを開く。

「……失礼します」

部屋の中は十畳ほどの広さだった。中庭に面した大きめの窓に、ベッドと一揃えのテーブルとイスがあるだけという簡素な造り。そのイスに、一人の人のよさそうなおじいさんが座っていた。

おじいさんは俺たちを見ると、首を傾げた。

「はて、どなただったかのう？　知り合いの方ですかいのう？」

「あの、俺たちは……」

とりあえず事情を説明しようとして、友蔵さんが何かに気付いたように口にした。

「む、待ちなされ。そっちの女の子には見覚えがある……ああ、もしかして、ハナさんのところの莉緒ちゃんかい？」

「！　私を、知っているの……？」

莉緒の驚いたような言葉に、友蔵さんはうなずいた。

「ああ。と言っても会ったのは一回か二回くらいで、しかもきみがまだ小さな頃だったから、覚えていなくても無理はないかもしれんな。ハナさんの葬儀の時も、色々とゴタゴタしていて挨拶できなかったしの」

「そう、なんですか……」

莉緒が目をパチパチとさせる。莉緒のおばあちゃんの友達なんだし、確かに会ったことがあってもおかしくはないのかもしれない。

「それで、ハナさんのところの莉緒ちゃんが、私に何の用かな？　ただお見舞いに来てくれた……というわけでもないのじゃろう？」

「それは……」

莉緒が口ごもる。

ここは、変に取り繕ったり嘘を吐いたりしても仕方がない。正面から行くしかないだろう。

「――あの、俺は莉緒の友達で、訳あって今あの家でいっしょに暮らしている瀬尾といいます」

「ふむ？」

「実は今日は……友蔵さんにお願いがあって来ました」

「私にお願い？」

「はい」

そううなずくと、
俺は真っ直ぐに頭を下げて、言った。

「――単刀直入に言います。お願いします！　あの家とあの土地を……俺たちに、莉緒に貸してください……！」

「あの家と土地を？」

「はい……！　あそこは俺たち〝家族〟の大切な場所なんです。なので、お願いします……！」

その俺の言葉に、友蔵さんは不思議そうに首を傾けた。

「はて、それはどういうことかのう？　あそこは、ハナさんに無償で貸し出している。当然、私としては莉緒ちゃんにもその権利を相続させて住んでもらうものだと思っていたのだが……」

やはりというか、友蔵さんは何も事情を知らされていないらしい。

「実は……」

「むう?」

俺が今の状況を説明すると、友蔵さんは厳しい顔になった。

「なるほどのう、安志のやつが……」

「……はい。すぐにでも出て行けと言われて……」

「むう……」

「お願いします……! どうか、あの家にこれからも住ませてくれないでしょうか……! そのためなら、俺にできることは何でもしますから……!」

もう一度頭を下げて頼み込む。

あの場所は、あの家は……俺にとって、小春にとって、向日葵にとって、そして莉緒にとって……決して替えのきかない唯一の場所なのだ。

だけどその言葉に友蔵さんの表情が変わった。

「……何でもすると言ったね?」

「はい」

「……それはたとえば、私がきみにあの家と土地を年三百万円で貸すと言っても、やるのかね?」

「……っ、それは……」

「何でもするというのは、そういうことだ。言葉というものは重い。一度口にしたからには、それを守りきる覚悟はあるのだろうね？」

「……それは、はい……！」

もちろん、いいかげんな気持ちで言った言葉じゃない。

三百万円であの家を守ることができるというのなら、石にかじりついてでも払ってみせる。それで〝家族〟を……莉緒の笑顔を失うことがないというのなら、高校を辞めて働きに出てもいい。それくらいの覚悟は、俺にもある。

「……〝家族〟とは、何だと思うかね？」

「え？」

ふいに、友蔵さんが言った。

「きみは〝家族〟のためにあの家に住みたいと言った。あの場所と、あの家が必要だと。ではそのきみにとっての〝家族〟とは一体何なんだね？」

「俺にとっての、〝家族〟……」

「……〝家族〟など、薄っぺらいものだ」

友蔵さんが感情のこもらない声で言った。

「私は実の〝家族〟である安志に、さんざん振り回されてきた。私なりに愛情を注いできたつもりではあるが……それはあいつには伝わらなかったようだ。そしてその結果、裏切られ、そして挙げ句の果てにはこうしてここに押し込められてしまっている。それを見ても、きみは

〝家族〟のためにその身を犠牲にしたいと言うのかね？　ましてや血も繋がっていない、偽物とも言える〝家族〟なのに」

冷たいとも言える声音でそう言い放つ。

それはある意味では真実を表している言葉なのかもしれない。だけど……

「それは、違うわ」

莉緒がきっぱりと言った。

「私たちは、本物の〝家族〟よ。偽物じゃない。血が繋がっているとか繋がっていないとか、そんなのは些細なこと。そんなことで本物だ偽物だ言われるのは、心外だわ。あなたはもう少し話の分かる人かと思ったけれど、歳を取って耄碌したのかしら」

相変わらず口が悪いな……

だが言い方はともかくとして、その気持ちは俺もまったく同じだ。

友蔵さんの目を真っ直ぐに見て、俺は言った。

「……俺は、まだ物心がついたばかりの頃に、事故で両親を失いました」

「む……？」

「それ以来、妹と二人で、親戚の家をたらい回しにされて生きてきました。親戚は、遠いとはいえいちおうは血の繋がっている人たちです。でも、あの人たちとは〝家族〟ではありませんでした。血が繋がっているだけの、他人でした」

親戚たちとは血縁者ではあったけれど、心の中では最も遠いところにいる存在だった。それに比べたらまだ、近所の人たちや学校の友達の方が近い存在だっただろう。

「俺にとっての〝家族〟とは……絆です。血の繋がりとか、戸籍上の関係とかを超えて、互いの信頼と縁とが結実したもの。俺たちがいっしょに暮らしていたのはほんの二ヶ月ほどですが、そこで確かに絆が育っていったんだと思います」

莉緒たちと同じ時間を共有したこの二ヶ月間。

共に笑って、ケンカもして、様々な出来事も乗りこえていって。

これまでの人生で味わうことがなかった経験をたくさんした。それは必ずしもいいことばかりではなかったけれど、だけどそれら全てをひっくるめて、〝家族〟であることの源であり根幹なのだと思う。

だから。

「〝家族〟っていうのは、あらかじめ決められているものじゃない。きっと、なるものなんです。夫婦だって、最初から〝家族〟なわけじゃない。絆と信頼を通して、いっしょに過ごした時間と思い出とを通して、自分たちでそのカタチを手に入れるものなんだと思います。それが俺にとっての〝家族〟です。だから俺たちは……胸を張って、〝家族〟だと言えます！」

正面から友蔵さんの目を見据えて、俺は言った。

その言葉に、迷いはこれっぽっちもなかった。

「なるほど……それが、きみの答えというわけか」

友蔵（ともぞう）さんが、ふうと息を吐いた。

「絆（きずな）と信頼か……ふふふ、久しぶりにそんな青臭い言葉を聞いた気がする。きみたちを見ていると……若い頃を思い出すのう。私とハナさんも、戦後の混乱を身を寄せ合って共に生きてきた〝家族〟なのだよ。私たちはそれぞれ別の相手を見つけて、それぞれの〝家族〟を持った。だけどもしかしたら、私は〝家族〟になることを失敗したのかもしれない。私にとって、本当の意味で〝家族〟と言えるのは、ハナさんだけだったのかもしれないな……」

そう何かを懐（なつ）かしむかのように笑うと、友蔵（ともぞう）さんは俺たちを見た。

「分かった。あの家と土地のことは私が責任を持って何とかしよう。あそこはきみたちにとっての聖域なのだろう。それを壊させるわけにはいかないな。あとは私に任せて、きみたちは心配せずに帰りなさい」

「あ……」

「きみたちの言う〝家族〟の行く末を……私も見てみたくなったよ」

俺たちの肩に手を置いてそう口にする。

その目は、優しい光に満ちていた。

5

友蔵さんから家と土地の使用許可を得て、これで一件落着だと思った。

成瀬家を、『幸せ二世帯同居計画＋一』を存続させる見通しは立ったし、きっと事態はいい方向に進んでいくだろう。そう思えた。

だが……これでは終わらなかったのだ。小悪党ほど最後がしつこいというか何というか。

友蔵さんとの話を終えて、『亀巻温泉高齢者養老施設』から成瀬家に戻った俺たちを待っていたのは、血相を変えた小春たちの姿だった。

「たいへんたいへんたいへんたいへんたいへんたいだよ～、お兄ちゃん！」

「大変なのか変態なのかハッキリさせてほしいところだが……どうしたんだ？」

「あ、あのね、さっきあの怖いおじさんが来て、これが最後だって……」

「え？」

「一時間以内に出て行かなければ実力行使に出るって言っていましたぁ……」

「……っ」

とうとう来たか。だが思っていたよりもずっと早い。せっかく友蔵さんと話をすることができたってのに……いや、むしろ友蔵さんと話をしたことを知ったからこそ、性急な手段に出て来たのか……？

真偽は分からない。

だが確実なのは、今からすぐにあのおっさんが俺たちをこの家から追い出すべくやって来るってことだ。

俺たちはその襲来にどうにか対処しなければならないわけであって……

「——決まっているでしょう。徹底抗戦よ」

「莉緒」

莉緒が迷いなく言った。

「おじいちゃんは認めてくれた……私たちの〝家族〟を、この家の存在意義を分かってくれた。だったらこの場所を、あんな下衆にどうこうされるいわれはない。私たちの大切な場所を……好きなようにされてたまるもんですか」

「……そうだな」

まったくもってその通りだ。

これが俺たちの家を、〝家族〟を守るための……最終決戦だ。

「とりあえず友蔵さんに連絡を入れよう。あとは友蔵さんが何とかしてくれるまで……ここを死守するんだ！」

「……挽肉にしてやるわ」

「お、お～！」

「や、やってやるですぅ！」

かけ声を上げて、おっさんを迎え撃つための準備を始める。

そしてきっかり一時間して、おっさんはやって来た。

前回と同じ柄の悪そうな男たちを何人も連れて、景気の悪そうな顔でこっちを睨み付けている。

「ちっ……あれだけ言ったのに、まだ出て行ってねぇのかガキども。できればオレも、手荒な真似はしたくなかったんだがな」

口にしていたタバコを吐き捨てる。

そんなおっさんに対して、

「――この家は、渡さないわ」

「お……」

睥睨するように屋根の上に立って、莉緒が毅然と言った。

「この家は、もうあんたの好きにできる場所じゃない。この家は聖域だって、私たち〝家族〟の場所だって、おじいちゃんは言ってくれた。だからあんたは……ただのブサイクな顔をした不法侵入者よ！」

その言葉におっさんが苦々しい顔になる。

「ちっ……やっぱりオヤジに余計なことを吹き込みやがったのはお前らか。だがもういい、何であれ、お前らを叩き出してここを占有しちまえばオレたちの勝ちだ。おい、てめぇら」

「ウス」

おっさんの言葉に柄の悪い男たちがゾロゾロと動き出す。おっさん含めて全部で六人。く、けっこういるな。

男たちは当然玄関から入ってこようとするが、玄関は鍵をかけた上に内側から物で塞いでいる。そう簡単に突破はできない。

「クソが……おい、こっちだ！　縁側から上がれ！」

おっさんの声を受けて庭の方から回り込んで来ようとする。玄関が通れないならそう来るだろう。おそらくおっさんはこの家の構造を知っているはずだから、少しでも侵入しやすいところから狙ってくるはずであって……

「『せ〜の〜！』」

縁側からおっさんたちが家の中へと侵入しようとしたところで、小春と向日葵が持ち上げたなわとびの縄に足を取られて男二人が派手にすっ転んだ。その二人の顔面に、小春と向日葵がありったけの胡椒を振りまく。鼻から胡椒をダイレクトに思い切り吸い込んで、男二人が止まらないくしゃみとともに悶絶した。

「やった～、〝エルフちゃん〟」

「やりましたねぇ、〝ピクシーちゃん〟」

そうハイタッチをして、二人はたたたっとその場から走り去っていった。

「ク、クソが……追え！　二階だ、あいつらは屋根の上にいる！　二階に上がれ！」

おっさんの怒声が聞こえてくる。

その声に追い立てられるようにドタドタと足音を立てて走ってくる男たち。だが二階に上がってくるためには、階段を使うしかない。そしてその階段には……

「う、うわぁ……っ……！」

「な、何だこれ、す、すべ……ぐあっ⁉」

たっぷりサラダ油を撒いておいたからな。頭に血が上った状態で駆け上がろうとしてくれば当然滑って転ぶ。よし、今のでさらに二人減ったみたいだ。

「くっ、ガキのクセに舐めた真似しやがって……！　行くぞ、とっ捕まえて詫び料も加算させてやる……！」

おっさんが激高して階段を昇ってくる。そのままベランダに出て来たおっさんが我先にとハシゴを登り切ったところで、俺は屋根の上からハシゴを取り外した。ベランダには男が一人取り残される。これで残るはおっさん一人だ。

「ナイスですぅ、〝ケルピーさん〟」

庭の方からそんな向日葵の声が聞こえてきた。

よし、〝妖精さん〟大作戦は大成功だ。

「クソ……たかがガキ相手にこんなことに……！」

おっさんが憎々しげにこっちを睨みながらそう口にする。

「だがここまでだガキども！　今すぐに叩き出してやる。〝家族〟だか何だか知らねぇが、くだらねぇお遊びに付き合ってるほどヒマじゃねぇんだよ！」

「お遊びだって……？」

「そうだ！　何が〝家族〟だ！　お前らはただの他人同士だろう。調べはついてんだ。お遊びの〝家族〟ごっこだろうが！」

「……」

ったく、だれもかれも同じことを言うな。

だったら俺も、何度だって同じことを言ってやるまでだ。

「……血の繋がりが全てじゃない」

「あん？」

「互いが互いを想い合う気持ちが……いっしょに暮らす、時間を共有する相手を信頼して、大切だと想う心こそが、〝家族〟を作り上げていくんだよ……！」

　その言葉におっさんが吐き捨てるように言う。

「……ガキが分かったようなことを言うんじゃねぇよ！　〝家族〟なんてクソだろうが！　たとえ血が繋がっていようと……利用する以上の価値なんてねぇ！　あのクソオヤジだってそうだ！　いつもいつもオレのやることなすことに反対ばかりして、外面のいい弟ばかりをかわいがりやがって……！」

　憎々しげに大声で怒鳴る。

　その物言いには父親——友蔵さんに対する反発の念が見てとれた。きっと何十年もずっとそう思い続けて生きてきたんだろう。

　だけど、

「——そんなこと、ないだろう」

「あ？」

「あんただって、友蔵さんにちゃんとかわいがられていたはずだ。昔から、友蔵さんはあんたのことも気にかけていた。弟さんだけじゃなく。それは間違いないはずだ」

「何を根拠にそんなことを——」

「あんた、昔、この家に住んでたんだろう。友蔵さんといっしょに」

「！　お前、何でそれを……」

おっさんの顔に動揺が浮かぶ。

……そう、どこかで聞いた名前だと思ったんだよ。

安志——やすし。

その名前は、この家のとある場所に刻まれていたもので……

「……柱に、伸びた背を測った傷があった。そこに『やすし』って書いてあった。あれはあんたのことだろ？　傷は、毎月几帳面につけてあった。全部で五十以上の傷があったよ。かわいがっていない相手に、そんなことをすると思うのか？」

以前に小春たちが背を測る時に見付けた柱の傷。

その時は分からなかったが、あれはきっとこの安志への友蔵さんの親としての想いの証だったのだ。

「……っ……⁉　そ、そんなこと、オレは覚えてねぇぞ。あのクソオヤジがオレのことを気にかけていたなんてこと……い、いや、待て。そうだ、うっすら記憶がある……柱の前でオヤジは、弟といっしょにオレの背を、楽しそうに測っていて……や、違う……そんなのはオレの勘違いだ。そんなことがあるわけねぇ……！　全部オヤジが悪いんだ！　オレがこうなったのも、何もかもうまくいかないのも、全部全部オヤジのせいだ……っ……！」

おっさんが頭を抱えてその場でわめき立てる。

そんなおっさんに、莉緒が言った。

「あなたは……哀れだわ」

「何、だと……？」

「血の繋がった、自分のことを気にしてくれている〝家族〟がいるというのに、それに気が付いていない。恵まれた環境にいたことを、理解していない。きっと失った後に初めて気付くんでしょうね。全てを自分以外のせいにして。だから……哀れだって言ったのよ。あとブサイクね」

最後の一言はこの上なく余計だと思う。

「何様のつもりだ……っ……！　こ、この小娘が……！」

だがその言葉はおっさんの痛いところに突き刺さったようで、逆上して顔を真っ赤にしながら摑みかかってくる。く、これだからキレる中高年は質が悪い。慌てて莉緒を守るべく間に割って入ろうとして――

「――どきなさい」

「え……？」

静かな感情を抑えた声が背後から響いて。

直後に、莉緒のスカートが翻った。長く整った白い脚がきれいな円を描いて宙を滑り、そのままおっさんの顔面に直撃した。

「ぐぼおっ……!?」

情けない声とともに白目を剝いて倒れるおっさん。

見事な、ハイキックだった。

「…………」

え、今の、莉緒がやったの……?

目の前で見ていたはずなんだが信じられない。ほとんどキツネに頰を摘まれたというか張り倒されたような気分だ。しかし確かに莉緒がおっさんにハイキックを食らわしたのであって……。

倒れ伏すおっさんを見下ろして、莉緒が冷ややかに口にする。

「……ふん、峰打ちよ。これで少しは頭を冷やしなさい、ブサイク」

いや峰打ちって、それ思いっきり踵が入ってるから！

だがそんな突っ込みをする間もなく、

「……っ……!?」

足場が不安定な屋根の上で足を振り上げる大きな動きをしたせいか、莉緒の身体がふらりと傾いた。屋根は傾斜しているため、そのまま足を滑らせてバランスを崩す。崩した先にあるの

は、屋根の端。

「あ……っ……」

「莉緒！」

ほとんど反射的に、俺の身体は動いていた。

莉緒のもとに駆け寄って、その身体を掴んで思い切り屋根の内側へと向けて投げつける。莉緒の身体は思いの外軽く、それ自体は特に苦労なくうまくいった。だけど人一人分の体重を力ずくで移動させるということは、当然その反動で俺の身体は屋根の端へと投げ出されるわけであり……

「せ、瀬尾くん！」

莉緒の悲鳴のような叫び声が耳に響く。

直後に足もとから屋根が消え、俺の身体は宙に投げ出される。引力には逆らえず、そのまま地面へと真っ逆さまに落下する……はずだった。

それは意識的だったのか無意識だったのか。

屋根から落ちる瞬間、俺は足もとを強く蹴った。強く蹴り、自ら何もない空へ向かって飛ぶ。俺が飛んだ方向には、地面に立つ一本の旗竿……〝家族〟の旗があった。ほとんど無我夢中でそれに右手を引っかける。さすがに掴まることはできずに落下の勢いを完全に殺しきれなかったが、それでも速度はだいぶ弱まった。そして勢いを小さくして落ちる俺の身体の先には、トマトが植えられた畑があった。

　ドサリ……！

　トマトの苗木と柔らかい土に包まれるようにして、俺は背中から地面に……落ちた。屋根の上から、莉緒の切り裂くような悲鳴が聞こえてきた。


　意識がぼんやりとしていた。

　ふんわりと心地のよい匂いが鼻元を漂い、頭の後ろが柔らかい感触に支えられている。

「……くん……っ……！」

「……」

「……瀬尾……くん……起きて……！　や、やだよ……し、死なないで……っ……！」

　耳元で莉緒の悲痛な声が聞こえてくる。

（いや死んでないから……）

「……あなたが今死んだら、だれが鍋を作ってくれるっていうの……！　三色鍋以外のものも、全部作ってくれるって約束したじゃない……！」

（って鍋要員かい……！）

「……や、やだ……やだよ……こ、このまま、私の傍からいなくなるなんて……絶対に、許さないから……！　瀬尾くんがいなくなるなんて……耐えられない！　〝妖精さん〟は、いつも、いつまでも、ずっと私の傍にいてくれるんじゃなかったの……っ……！」

その声は、これ以上ないくらいに悲痛なものだった。

（莉緒……）

うっすらと目を開くと……そこには泣きじゃくる莉緒の姿があった。

髪が乱れるのも涙で服が濡れるのも気にせずに、俺の胸にしがみついている。あーあ、そんなに泣いたら明日、目が赤くなって大変なことになるってのに……。その後ろでは、小春と向日葵も同じように声を上げて泣いていた。泣き声の三重唱だ。

とりあえずこれ以上三人を泣かせないためにも、俺は莉緒の頭にポンと手を置いた。

「……え……？」

「……そんなに泣くなって……」

「せ……瀬尾くん……っ……⁉」

莉緒が驚いたように目を丸くする。

「だ、大丈夫なの……⁉　い、生きてるの……？　怪我は！」

「……ああ、落ちる時の勢いが弱まったおかげで、大したことはない……と思う」

「そ、そう……よかった……」

そう言って莉緒は息を吐くと、今度は腕を組みながら言った。

「ま、まったく、何を馬鹿なことをしてるのよ……あんな、屋根から飛び降りたりしたらただじゃすまないことくらい分かるでしょう……！」

「ん、まあ何とかなるかなって……」

「な、ならないわよ、普通は！　今回はたまたま運が良かったみたいだけど……ヘタしたら死んでたかもしれないんだからね……！」

はは、さっきは自分で飛び降りようとしていたってのに……

まだ目の端に涙を浮かべる莉緒に苦笑して、俺は言った。

「それより、おっさんは……」

「それは大丈夫よ。さっきあなたが意識を失っている間に友蔵さんから連絡があって、すぐにこっちに着くって言ってたから。あのブサイクもまだ寝ているわ。少しやりすぎたかもしれないけど、まあいいでしょ」

「そうか……」

それなら、もう大丈夫だろう。

あとは友蔵さんが何とかしてくれるはずだ。

ふう、と大きく息を吐く。

何となく家の方を見ると、太陽は沈みかけて辺りをオレンジ色に染めていた。トマトが植えられた畑に面した縁側が、温かなたたずまいでそこにある。それを目にして何となくほっとしたような心地になった。

　俺たちは、この家を、〝家族〟を守りきったのだ。

6

　その後の展開は、速かった。

　友蔵さんはそれからすぐにやって来た。いまだに昏倒していたおっさんを叩き起こすと、一喝して叱り飛ばした。土下座をさせて、二度と勝手な真似はさせないと俺たちに約束をしてくれた。おっさんとは、後でじっくりと話し合うという。余計なお世話かもしれないけど、友蔵さんとの親子関係が少しは良好なものになってくれればいいと思う。

　この家と土地については、これからも貸し続けてくれることを約束してくれた。ただ土地については何と莉緒にではなく、俺に貸すというカタチにしてくれるのだという。つまり家は莉緒、土地は俺が借主ということになる。

「え、何で俺に……？」

「何、きみが気に入っただけじゃ。ただし、きみはこの家を借りられるのなら何でもすると言ったな。その覚悟は見せてもらうぞ。それはきみにとってもしかしたら過酷なものになるかもしれない。それでも構わないかね？」

真っ直ぐだが、厳格な目で見てくる。

それに対する俺の答えなんて、決まっていた。

「……はい。構いません」

この家を守るためなら何でもするという決意は、これっぽっちも変わっていない。

「ふむ、いい返事だ。ではこの土地を貸す条件を言おう」

「……」

「前にも言った通り、この土地をきみに、年さんびゃく――」

「……」

「……」

「……」

「――三百円で、貸そう」

「……へ？」

思わずそんな間抜けな声が出てしまった。三百円って……百円×三？　それは……ちょっと、
桁が違いすぎるんじゃ……？

友蔵さんが首を傾ける。

「どうした？　不服なのかね？」

「い、いえ、そんな……。でも、どうして……？」

「なに、ただきみの覚悟を確認したかっただけじゃよ。ここで怯むようでは、〝家族〟を守っていくことなどできんだろう？　即答したきみの態度でそれは十分に分かった。ちなみに年三百円だから月二十五円じゃな。毎月、私のところまで届けてくれるかね。きみの手で」

「あ――は、はい、分かりました！」

感謝とともに友蔵さんにそう返す。

その心遣いを……心の底から、ありがたく思った。

「それじゃあ私は帰るとしよう。詳しいことは後で弁護士にでもまとめさせる。それではな」

そう手を振って、友蔵さんはおっさんを連れて帰っていった。後日やって来た弁護士が橘さんの父親だったりしたから世間は狭いと思うのだが……それはまあ、別の話ってことで。

ただ、最後に気になることを言っていた。

おっさんに何だって突然この家と土地に目を付けたのかと尋ねたところ、意外な答えが返ってきたのだ。

「……『オベロンハウス』の社員に言われたんだよ」

「『オベロンハウス』？」

「……ああ。お前らも名前くらいは知ってるだろ。大手の企業だよ」

確かに聞いたことはあった。ここのところ派手に住宅販売やら土地運用やらをやっている会社だ。最近では美人だと評判の社長の娘をイメージキャラクターに使ってテレビのCMなんかをバンバン流している。その『オベロンハウス』が黒幕だっていうのか……？

「そこのお偉いさんに、ここを潰して駐車場とマンションにしないかと言われたんだ。そうすりゃあ一儲けできるってな」

「……」

何だってこんなところを……？

この家は奥まった位置にあるし、最寄り駅からもさして近くない。お世辞にもいい立地条件とは思えないんだが……。だけど俺には分からないだけで、もしかしたら専門家が見たらこの家の立地には隠れた価値があるのかもしれない。考えても、俺の頭じゃ分からないだろう。

「………」

ただ、莉緒だけが何かを考え込むかのように無言だったのが少し気にかかった。

「わ、わ～い、やっと終わったよ～」

「これでもうあの怖い人たちはやって来ないんですねぇ……！」

友蔵さんたちが去り、ようやく〝家族〟四人だけになったところで、小春と向日葵が体当たりをするように抱きついてきた。

「お、おい……」

「こ、こわかったよ～。おじさんたちは乱暴だし、お兄ちゃんは屋根から落ちるし……」

「も、もう、おっかないことばっかりで、胸が破裂しちゃうかと思いましたですぅ……」

「……」

……そうだよな。いくら他の同じ歳の子と比べて大人びていると言ったって、この二人はまだ小学生と中学生だ。あんな風に大人の汚い思惑に巻き込まれて、どんなにか怖かったり不安だったりしたことか。

「……もう大丈夫だ。あのおっさんたちは二度と来ないし、この家からも追い出されたりしない」

二人の頭に手をやってそう言う。

「ほ、ほんと……？　莉緒お姉ちゃんと向日葵お姉ちゃんと、さよならしなくていいの……？」

「わ、わたしたち……ここにいてもいいんですか……？」

「ああ、もう全部大丈夫だ」

「わ、わぁあああああん……」「うぇぇぇえええええええん……」

それを聞いて、小春と向日葵がまた泣き出す。

　だけどそれは悲しさからじゃなくて、嬉(うれ)しさからくる涙だ。

　その様子を見て、それまで何かを考え込む顔をしていた莉緒(りお)も、少しだけ表情を緩めて笑った。

「本当にあなたは女の子をよく泣かすわね。さ、それじゃあいつまでもこんなところにいないで家の中に入りましょう。このままじゃ瀬尾(せお)くんが幼女二人を泣かせて悦に浸っている変態ロリコン容疑で通報・逮捕・起訴・有罪確定がなされてしまうかもしれないからね」

「何その流れるような一連のコンボ⁉」

「ふふふ、日本の社会はロリコンに厳しいのよ」

　そう意味深に笑って、莉緒(りお)は玄関へと向かう。

「それにしてもお腹(なか)が空いたわね。早いところ夕飯を食べたいわ」

「あ、わたし、今日はお鍋がいい〜！　みんなでトマト鍋しようよ〜」

「あ、いいですねぇ。ちょうど今日は『鍋の日』ですし〜」

　さっきまで泣いていた二人がもう笑ってそんなことを言う。

　うん、だけどトマト鍋、悪くないかもしれないな。

「じゃあみんなで作るか。小春(こはる)と向日葵(ひまわり)も手伝うんだぞ」

「は〜い！」

「りょうかいしましたぁ！」

そう元気に返事をして、小春と向日葵がたたたっと軽やかに玄関へと駆けていく。
俺たちの、帰るべき家。
その後ろ姿を、莉緒と並んで温かい目で見つめたのだった。

――こうして、また平穏な毎日が戻ってきた。
小春と、向日葵と……そして莉緒と、四人で過ごす温かな日々。
こんな毎日が、いつまでも続いてくれればいいと、心から思う。

SHIAWASE
NISETAI
DOUKYO KEIKAKU

幸せ二世帯同居計画 ～妖精さんのお話～

エピローグ

台所に入った途端に、鶏ガラスープの香ばしい匂いが漂ってきた。

「あ、お兄ちゃん、おはよー」

「おう。今朝は中華風か？」

「うん。鶏ガラスープの素がたくさん戸棚に入ってたから、少しくらい使ってもだいじょぶだと思って」

小春――〝ピクシーちゃん〟が屈託なく笑う。

「それだけじゃないですよぉ。今日はわたしがオムレツを作りましたぁ」

「お、そうなのか？」

「はい～」

そう言ってにっこりと笑いかけてきたのは向日葵――〝エルフちゃん〟だ。

名前と同じ向日葵模様のエプロンを着けて、楽しそうに食事の支度をしている。

今日のメニューはどうやらオムレツと鶏ガラスープ、サンドイッチの三品のようだ。それを見た俺のハラの虫がギュルルルルルと派手に鳴る。

「わ、すごい音ですねぇ」

「ふふ、もうすぐできるから。お兄ちゃんお皿並べてくれる？」

「……おっけ」

俺が四人分の皿を並べていると、すっとフスマが開く音が聞こえた。

「あ、来たみたいだね」

「今日はちょっと早いな。急げ」

「うんっ」

「はい～」

小春（こはる）が素早く鶏（とり）ガラスープを人数分取り分けて、向日葵（ひまわり）がフライパンからオムレツを皿に移し替えるのを確認しながら、俺は焼けたトーストを皿に並べ冷蔵庫からジャムとマーガリンを出した。バターナイフを出している時間がないがまあしょうがない。

「お兄ちゃん、こっちはおっけーだよ！」

「こっちもばっちりですぅ、お兄さん」

小春（こはる）と向日葵（ひまわり）が指でグーサインを作り、隣室へと移動する。

コーヒー用のカップを四つテーブルの上に配置した俺もその後に続きそのままフスマをぱたんと閉める。この間たっぷり一分五十秒。なのに家主が一向に姿を現さなかったのは彼女のちょっとした遊び心であろう。

隣室から様子を窺（うかが）っていると、やがてゆったりとした足音が迫ってきた。

「あれ……ヘンね。朝食の後片付けはやったと思ったのに」

どこか楽しげな少女の声。

「ああ、もしかして〝妖精さん〟がやってくれたのかな。〝ピクシーちゃん〟と〝エルフちゃん〟と〝ケルピーさん〟兼〝ムーミン〟。うん、きっとそうね。だったらちゃんと食べないと失礼だわ。でも……この量は私一人じゃ多すぎるかもね」

焦らすように口元に指を当てる彼女。

俺のハラが再度悲鳴を上げる。いいから早くしてくれ。

「そうだ、良かったら〝妖精さん〟たちも食べる？　ちょうど四人分あるみたいだし。いらっしゃい」

やれやれ、ようやくお呼びだ。

〝妖精さん〟こと俺たち三人は、朝食の席に加わるべくゆっくりとフスマを開けた。

そこには、楽しそうな莉緒の笑顔があった。

『幸せ二世帯同居計画＋一』継続の危機を乗り越えて、今日も俺たちは〝家族〟としていっしょに暮らしていた。

四人で過ごす笑顔の絶えない毎日。

それは賑やかで居心地が良くて楽しくて、俺たちのだれもが心から望んでいたものだった。

「それじゃあ、いってきま〜す！」

「ん、いってらっしゃい」

「車に気を付けるのよ、小春ちゃん」

「は〜い♪」

楽しげに登校していく小春を見送る。

「わたしもお先に行ってまいりますぅ」

「お、向日葵、弁当はちゃんと持ったか？」

「はい〜、ここにしっかり！　でも忘れたら、またお兄さんが届けてくれるんですよねぇ？」

「行ってもいいけど、また〝ケルピーさん〟の格好で行くぞ？」

「そ、それはちょっと、遠慮したいかもです……」

「そう思うなら、なるべく忘れものはしないように気を付けるんだぞ？」

「は、は〜い」

そう答えてしっかりと弁当箱を手に玄関を出て行った向日葵も見送り、

「それじゃあ俺たちも行くか」

「そうね。あんまりのんびりしていたら遅刻しちゃうわ」

二人いっしょに、並んで登校する。

すっかり慣れ親しんだ通学路には緑が生い茂り、もう完全に夏の風景になっていた。

「あら、お祭りの準備をしている。夏祭りがあるのかしら？」

「お、ほんとだ」

「雪洞、きれいね。夜に見たらきっと素敵でしょうね……」

「そうだな。じゃあ、行こう。小春と向日葵も連れて、みんなで」

「そうね。ふふ、楽しみ」

そんな〝家族〟としての日々。

莉緒は楽しそうに毎日を送っている。

小春、向日葵とも仲がいいし、最近では笑顔を見せる比率がぐっと増えた。学校でもぎこちないながらも挨拶をして皆を驚かせていたし、すぐにとはいかないが、この分ならクラスメイトたちとも普通に交流できるようになるのもそう遠くはないいんじゃないか。そう思えるんだよな。

全ては順風満帆だと言えた。

とはいえ……一つだけ、気になることはあると言えばある。

それはつい先日、莉緒が話してくれたことだった。

「それにしても……『オベロンハウス』は、何だったんだろうな」

「……」

「こんなある意味辺鄙(へんぴ)な土地を、住人を追い出してまで利用しようとするなんて、いまいち腑(ふ)に落ちないというか……」

その俺の言葉に、初め莉緒(りお)は黙っていた。

だがやがて顔を上げると、きゅっと唇を噛(か)みしめて、こう口にした。

「……『オベロンハウス』の社長は、私の父親よ」

「……」

……………え？

…………今、何て言った……？

「……言葉の通りよ。あそこの社長は、私たちのことを捨てた実の父親なの」

「……」

『オベロンハウス』の社長が……？

予想外のことすぎて、まったくもって頭が付いていかない。

「……まったく、もう金輪際その名前を聞くことはないと思ったのに。結局のところ私はあいつと関わる因縁なのね。笑えないわ」

「え、それじゃあ、まさかとは思うけど莉緒(りお)がいることを知っていてこの家の立ち退きを……？」

その問いに、莉緒(りお)は目を細めて首を横に振った。

「……それはないわ。ないからこそ、腹が立つのよ。あいつはこの家のことなんて把握していない、覚えてなんていない。私のことなんて歯牙（しが）にも掛けていないわ。ただ単に、あいつの中では利益になると踏んだからこの土地を利用しようとしたんでしょう。あいつの考えそうなことだわ」

憎々しげにそう言う。

好きの反対は、嫌いじゃなくて無関心。何かしら自分の娘の——莉緒（りお）に対する意図があって今回の退去勧告を進めていた方が、ある意味では救いだったのかもしれない。

「あの下衆（げす）の姿は……もしかしたら、私の姿だったのかもしれないわね」

ぽつりと、莉緒（りお）が言った。

「人を信じられず、〝家族〟を信じられず、私利私欲のためだけに生きた挙げ句が……ああいった愚かで無思慮な行動になったんでしょう。あなたたちに、瀬尾（せお）くんに出会わなかったら、私もいずれああなっていたかもしれない」

「そんなこと……」

いくら何でもそこまではないだろう。

父親のことは知らないが、少なくとも莉緒（りお）は俺たちと出会う前からも、生きていくための基準を損得だけで考えることに迷いを持っていた。

「……ううん。瀬尾（せお）くんとの、〝妖精さん〟との出会いがなかったら、私はきっと頑（かたく）なで偏狭（へんきょう）

で、だれにも心を開けない寂しい人間になっていたと思う。だから……ありがとう」

「……」

「私と出会ってくれて、私のことを見付けてくれて……本当に、ありがとう」

俺の顔を見つめて、莉緒はそう言ったのだった。


夜の風が吹く屋根の上で星を見上げながら、俺はその時の莉緒の表情を思い出していた。

今にも消えてしまいそうな、儚げな表情。

きっと莉緒にとって、父親との関係は一言では語れないものがあるんだろう。

だけどいつかその過去と向き合う時が来るのかもしれない。それは明日かもしれないし、十年後かもしれない。だけどその日が来たら、俺は何をしてでも莉緒のためにできることをするのだと思う。それは絶対だ。だって——

「——あら、ここにいたの」

と、そこで耳心地のいい声が背後から聞こえてきた。

振り返ると、そこには部屋着をまとった莉緒の姿。

「下で見かけなかったからもしかしてと思ったけど。小春ちゃんたちが探してたわよ。いっしょに人生ゲームをやりたいって」

「ああ、うん、後で行く」

俺の返事に莉緒は「そう」とうなずき返して、そのまま俺の隣に座った。風呂上がりなのか、シャンプーのいい香りがふんわりと辺りを漂う。

「瀬尾くんもここが気に入ったのかしら？」

「ん、そうだな。いい場所だと思う。眺めはいいいし、風も気持ちいいし」

「そうでしょう？　ふふ、分かってもらえて嬉しいわ」

洗い立ての髪をかき上げながらそう笑って、空を見上げる。

夜空には星が輝いていた。

雄大な夏の大三角、空を分かつような天の川、たくさんの夏の星座。あそこに見えるのは、織姫と彦星か。

そんな優しい星の光に照らされて、俺たちの周囲には穏やかな時間が流れていた。

「この景色が守れたのも……瀬尾くんのおかげね」

「え……？」

そっと立ち上がり、莉緒が言う。

「瀬尾くんがいてくれたからこの景色を、この家を……〝家族〟を守ることができた。本当に感謝してるわ」

「そんなこと……」

今のこの平穏は、莉緒が、小春が、向日葵が、みんなが力を一つにしてこの家を、〝家族〟を守ろうとしたからこそ、勝ち取ることができたものだ。決して俺だけの力じゃない。

しかし莉緒は首を横に振る。

「……ううん。確かにみんなの力もあるかもしれない。だけどみんなが力を合わせることができたのは、絆を結ぶことができたのは、瀬尾くん、あなたがいてくれたからよ。あなたがみんなの、〝家族〟の大黒柱になってくれたの。間違いないわ」

「……」

うーん、何だかみんな俺のことを買いかぶり過ぎているような気がするんだよな。

俺はそんな大層なものじゃないのに。ただ自分にできることをやっただけで。なので莉緒の思いも寄らぬ感謝の言葉にどう対応していいか分からない。返す言葉を見付けられずにいると、その時、一際強い風が吹きつけ屋根の上を薙いだ。

「……あ……っ……」

それに煽られて莉緒の身体がふらりと傾く。

「危ない！」

慌てて立ち上がり、莉緒の身体を支える。前と違って屋根から落ちるとかそういうのではなかったけれど、放ってはおけなかった。

「……あ、ありがとう……」

莉緒が頰を赤らめながらお礼を言う。

「いや、大丈夫か？　……っ！」

「……っ……」

そこで気付いた。

今の俺たちの、距離。

莉緒の整った顔が、互いの睫毛の数を数えることができるほどすぐ近くにあった。

「……」

「……」

思わずお互いに黙りこんでしまう。

何となく気恥ずかしい静寂。

しばらくして、莉緒が小さく口を開いた。

「……お、おばあちゃんの話だと……」

「え？」

「……お、おばあちゃんの話だと、〝妖精さん〟は助けた相手である女の子と……結ばれるってことだ、そうよ……」

「……え？」

「………だ、だから、〝妖精さん〟と女の子は、最後には結ばれる運命なんだって……」

「え、そ、それって……」

「……」

「……」

「……」

再度の沈黙。

暗闇の中、鈴虫の鳴く「リーンリーン」という音だけがやけに大きく響く。

そのままどれくらい経ったただろう。

何かを覚悟するように……莉緒がぎゅっと目を閉じた。

「……！」

こ、これって、どういうことなんだ……？

い、意味が分からない……！　い、いや全く分からないってわけじゃないんだが、どうしてこんな状況になってしまったのかが理解が追いついてきていないというか……ああ、もう、完全に俺のキャパを超えている……！

胸の奥では心臓がうるさいほどに鼓動を続けている。

全身を血液が駆け巡って、まるで百メートルを全力疾走した後のように身体が熱い。

「……」

「……」

「……」

え、ええい、もうなるようになれだ！

ゴクリと、喉が鳴るのを感じて、

俺の顔を、莉緒の小さな顔に近づけようとしたところで——

「あ～、お兄ちゃんたち、こんなところにいた～！」

「！」「⁉」

ばっ！　と、磁石の同極になったかのように俺たちは瞬時に離れた。

「二人ともいなくなっちゃうからベランダに来てみたら、上から声がするんだもん。そしたら二人だけで何かしてるし。こんな場所あったんだ～」

「ずるいですぅ。こんないい場所、わたしたちも知りたかったです～」

「あ、ああ、悪い……」

「ご、ごめんね、別に隠しているつもりはなかったんだけど……」

「あれ～？　何だか二人とも、顔が赤くない？」

「郵便ポストみたいですぅ」

小春と向日葵のイノセントな突っ込みに、

「そ、そんなことないって！」

「お、お風呂上がりだから、のぼせちゃったのかもしれないわね。ええ、きっとそうよ！」

莉緒と二人揃ってそんな風に返す。小春たちは不思議そうな顔をしていたが、すぐに元に戻った。

「じゃあじゃあ、わたしたちもここにいていい～？」

「あ、ああ、大丈夫だ」

「わ～い、やった～♪」

そう声を上げて、小春が俺の左膝の上にちょこんと座る。それに続いて向日葵も右膝の上に座ってきた。

「お、おいおい」

「えへへ～、特等席～♪」

「お、お邪魔しますぅ」

そう言って無邪気に笑う。

それを見た莉緒も「ふふ、小春ちゃんと向日葵ちゃんには敵わないわね」と笑って、後ろから俺の首に腕を回してきた。

左に小春、右に向日葵、後ろに莉緒が密着するカタチになる。いや俺は止まり木とかじゃないんだから……

「……」

まあ……いいか。

〝家族〟なんだし、たまにはこういうのもありっちゃありだろう。

何はともあれ。

『幸せ二世帯同居計画＋一』はこれから先も、ずっとずっと、続いていくことだろう。

そして俺は、莉緒の隣で、彼女のことを守り続けるはずだ。

だって。

俺は莉緒の、〝妖精さん〟だからな。

これはそんな……〝妖精さん〟のお話だ。

あとがき

はじめましてまたはこんにちは、五十嵐雄策です。
『幸せ二世帯同居計画～妖精さんのお話～』をお届けいたします。

さてこの『幸せ二世帯同居計画』なのですが、実はこれの第一話は、電撃文庫マガジンの前身である電撃ｈｐという雑誌で行われていた、電撃ｈｐ短編小説賞という賞で最優秀賞をいただいた作品がもとになっております。はじめて雑誌に掲載させていただいたものであり、言ってみれば真のデビュー作といったところでしょうか。いつか続きを書きたい書きたいと思っていましたので、こうして実現させてもらったことを嬉しく思います。

また実はこの本で、ちょうど著作四十冊目となります。デビュー十三年目になるのですが、ここまで書き続けてこられたのはひとえに読んでくださる皆様のおかげです。本当にありがとうございます。この先も五十冊六十冊を目指してがんばっていきたいと思いますので、どうぞよろしくお願いいたします……！

以下はこの本を出版するにあたってお世話になった方々に感謝の言葉を。
担当編集の和田(わだ)さま、三木(みき)さま、平井(ひらい)さま。おかげさまでここまでくることができました。
これからもよろしくお願いいたします。
イラストのフライさま。素敵なイラストを本当にありがとうございます。いただいたイラストを眺めるのが改稿作業中の励みでした。

そして何よりもこの本を手に取ってくださった方々に感謝の気持ちを。

それではまたお会いできることを願って――

二〇一六年九月　五十嵐雄策(いがらしゆうさく)

◉五十嵐雄策著作リスト

「乃木坂春香の秘密」（電撃文庫）
「乃木坂春香の秘密②」（同）
「乃木坂春香の秘密③」（同）
「乃木坂春香の秘密④」（同）

「乃木坂春香の秘密⑤」（同）
「乃木坂春香の秘密⑥」（同）
「乃木坂春香の秘密⑦」（同）
「乃木坂春香の秘密⑧」（同）
「乃木坂春香の秘密⑨」（同）
「乃木坂春香の秘密⑩」（同）
「乃木坂春香の秘密⑪」（同）
「乃木坂春香の秘密⑫」（同）
「乃木坂春香の秘密⑬」（同）
「乃木坂春香の秘密⑭」（同）
「乃木坂春香の秘密⑮」（同）
「乃木坂春香の秘密⑯」（同）
「はにかみトライアングル」（同）
「はにかみトライアングル②」（同）
「はにかみトライアングル③」（同）
「はにかみトライアングル④」（同）
「はにかみトライアングル⑤」（同）
「はにかみトライアングル⑥」（同）

「はにかみトライアングル⑦」（同）
「小春原日和の育成日記」（同）
「小春原日和の育成日記②」（同）
「小春原日和の育成日記③」（同）
「小春原日和の育成日記④」（同）
「小春原日和の育成日記⑤」（同）
「花屋敷澄花の聖地巡礼」（同）
「花屋敷澄花の聖地巡礼②」（同）
「城ヶ先奈央と電撃文庫作家になるための10のメソッド」（同）
「続・城ヶ先奈央と電撃文庫作家になるための10のメソッド」（同）
「城姫クエスト　僕が城主になったわけ」（同）
「城姫クエスト②　僕と銀杏の心の旅」（同）
「SE-Xふぁいる　ようこそ、斎条東高校「超常現象☆探求部」へ！」（同）
「SE-Xふぁいる　シーズン2　斎条東高校「超常現象☆探求部」の秘密」（同）
「幸せ二世帯同居計画　～妖精さんのお話～」（同）
「ぼくたちのなつやすみ　過去と未来と、約束の秘密基地」（メディアワークス文庫）
「七日間の幽霊、八日目の彼女」（同）

本書に対するご意見、ご感想をお寄せください。

電撃文庫公式ホームページ 読者アンケートフォーム
http://dengekibunko.jp/
※メニューの「読者アンケート」よりお進みください。

ファンレターあて先
〒 102-8584　東京都千代田区富士見 1-8-19
アスキー・メディアワークス電撃文庫編集部
「五十嵐雄策先生」係
「フライ先生」係

初出 ……………………………………………………………………

「第一話『妖精さんのお話』」／「電撃hp Volume.27」(2003年12月)

文庫収録にあたり、加筆・訂正しています。

「プロローグ」
「第二話『エルフちゃんの憂鬱』」
「第三話『ホームセンターとムーミンと鍋』」
「エピローグ」
は書き下ろしです。

……………………………………………………………………

電撃文庫

幸せ二世帯同居計画
～妖精さんのお話～

五十嵐雄策

発　行　2016年11月10日　初版発行

発行者　塚田正晃
発行所　株式会社KADOKAWA
〒102-8177　東京都千代田区富士見2-13-3
プロデュース　アスキー・メディアワークス
〒102-8584　東京都千代田区富士見1-8-19
03-5216-8399（編集）
03-3238-1854（営業）
装丁者　荻窪裕司（META＋MANIERA）
印刷・製本　加藤製版印刷株式会社

ISBN978-4-04-892469-6　C0193　Printed in Japan

電撃文庫　http://dengekibunko.jp/
株式会社 KADOKAWA　http://www.kadokawa.co.jp/

電撃文庫創刊に際して

文庫は、我が国にとどまらず、世界の書籍の流れのなかで〝小さな巨人〟としての地位を築いてきた。古今東西の名著を、廉価で手に入りやすい形で提供してきたからこそ、人は文庫を自分の師として、また青春の想い出として、語りついできたのである。

その源を、文化的にはドイツのレクラム文庫に求めるにせよ、規模の上でイギリスのペンギンブックスに求めるにせよ、いま文庫は知識人の層の多様化に従って、ますますその意義を大きくしていると言ってよい。

文庫出版の意味するものは、激動の現代のみならず将来にわたって、大きくなることはあっても、小さくなることはないだろう。

「電撃文庫」は、そのように多様化した対象に応え、歴史に耐えうる作品を収録するのはもちろん、新しい世紀を迎えるにあたって、既成の枠をこえる新鮮で強烈なアイ・オープナーたりたい。

その特異さ故に、この存在は、かつて文庫がはじめて出版世界に登場したときと、同じ戸惑いを読書人に与えるかもしれない。

しかし、〈Changing Times,Changing Publishing〉時代は変わって、出版も変わる。時を重ねるなかで、精神の糧として、心の一隅を占めるものとして、次なる文化の担い手の若者たちに確かな評価を得られると信じて、ここに「電撃文庫」を出版する。

1993年6月10日
角川歴彦

電撃文庫DIGEST　11月の新刊　発売日2016年11月10日

新約 とある魔術の禁書目録(インデックス)⑰ 【著】鎌池和馬　【イラスト】はいむらきよたか	右手の所有者こそが『王』となる。一〇〇人を超える上里勢力の少女達の心を縛り、木原唯一は上条抹殺を命じた。そして。ここから上条の反撃が始まる。さあ、上里翔流を救え。
ねじ巻き精霊戦記 **天鏡のアルデラミンⅪ** 【著】宇野朴人　【イラスト】竜徹　【キャラクター原案】さんば挿	イクタの推挙で登用されたヴァッキェ。相手が女帝であろうと一切の礼を欠きながら接していく無神経ぶりに、シャミーユも徐々に変わっていくのであった――。
新作 ソードアート・オンライン オルタナティブ **クローバーズ・リグレット** 【著】渡瀬草一郎　【イラスト】ぎん太　【原案監修】川原 礫	≪スリーピング・ナイツ≫結成前のユウキがプレイしていた和風VRMMO≪アスカ・エンパイア≫に秘められたエピソードを、ファンタジーの旗手・渡瀬草一郎が再創造!
魔王なあの娘と村人A⑪ ～魔王さまと俺たちのグラデュエーション～ 【著】ゆうきりん　【イラスト】赤人	竜ヶ峯桜子が、《魔王》の個性を剥奪される……？　そのとき《村人A》こと佐東の選択は――。大長編人気シリーズ『魔王なあの娘』、ついにクライマックス！
安達としまむら7 【著】入間人間　【イラスト】のん	しまむらと付き合うってことは、うーん、まず、い、一緒に登校するとか……でいいんだよね……。何時に迎えに行けばいいのかな。……早く学校始まらないかな。
エルフ嫁と始める異世界領主生活3 ―異世界に医者がいると思った？　残念!― 【著】鷲宮だいじん　【イラスト】Nardack	異世界領主となった俺の次なる仕事は医療機関をつくること！　でも傷を癒す神聖魔法の使い手は、イタくしないと力が発揮できない変態だった!?　美羽さん、出番です!!
BabelⅡ ―剣の王と崩れゆく言葉― 【著】古宮九時　【イラスト】森沢晴行	魔法大国ファルサスの王・ラルスと謁見した雫は、剣を向けられる。「立ち去るが良い、外部者よ」。王と戦う決意をする雫だが、一方エリクは過去のとある事件を追憶し――。
マギアスブレードⅡ／異世界剣士の科学都市召喚記 【著】一条景明　【イラスト】冬ゆき	魔法剣士クリスは悩んでいた。彼の情報を得ようと現れる《バグ》の少女リルカと、対抗する遠羽の板挟みな日々に。だが未来都市へ突如侵食した異世界が、平和な日常を崩壊させて――!?
改訂版 **僕らはどこにも開かない** **-There are no facts, only interpretations.-** 【著】御影瑛路　【イラスト】安倍吉俊	自称"魔法使い"という美しい同級生、『あぁ……人を殺したい』が口癖の友人……。自分がないはずの僕は、やがて狂気の世界へ……。改訂新装版で登場！
新作 **ディエゴの巨神** 【著】和ヶ原聡司　【イラスト】黒銀	陰陽術を操る青年ディエゴと、森を守る巨神タンカムイを駆る娘ローゼンが紡ぐ、巨神と黄金郷を巡る壮大なファンタジー。『はたらく魔王さま!』の和ヶ原聡司、新作始動!
新作 **幸せ二世帯同居計画** ～妖精さんのお話～ 【著】五十嵐雄策　【イラスト】フライ	とある事情により家を失った俺たち兄妹は、"妖精さん"として同級生の家にこっそり移住することになって――!?　同居から始まる、ハートフルストーリー開幕！
新作 **混沌とした異世界さんサイドにも問題があるのでは？** 【著】旭 蓑雄　【イラスト】紅緒	「うわーん、もうお嫁に行けないぃぃ!」異世界に来るなり遭遇したのは、尻尾を失って人の姿となったラミア種の少女オメガ。責任を取れと因縁をつけられた創真の運命は……。
新作 **ご近所の殴りクレリック** 戦鬼ウルスラの後悔 【著】奇水　【イラスト】鍋島テツヒロ	戦争が終わり無職になった流浪の剣匠アルナルド。仕事を求めて渡った新大陸で出会った修道女は……戦場を恐怖に陥れた「戦鬼」ウルスラで!?　物理無双の殴りクレリックが通る！
新作 **モテなさすぎた俺は、とうとう人形に手を出した** 【著】手水鉢直樹　【イラスト】U35	モテたいなら人形を作ればいいじゃない。偉い人はこんなこと言わないが、エロい人＝土属性で死霊術師の高校生・泥ケ崎洋は作り出してしまった、「俺の嫁」となる美少女ゴーレムを……。

全ての恋愛は幻想である!?
リア充爆発アンチラブコメ!
「恋愛を放棄せよ！ すべての恋愛感情は幻想である!」そんな彼女の演説に感銘を受けた平凡な高校生・高砂は、彼女・領家薫が議長を務める“反恋愛主義青年同盟部”の活動に参加するが──。
いでおろーぐ!
ideologue!
第21回電撃小説大賞
銀賞
椎田十三
イラスト◆憂姫はぐれ
電撃文庫

主人公はイノシシで『食材』……!?

第22回電撃小説大賞
《金賞》受賞作

ヴァルハラの晩ご飯

三鏡一敏
イラスト ファルまろ

神々の国を舞台に描かれる
“やわらか神話”ファンタジー!

電撃文庫

ひとつ屋根の下で暮らしていた妹は
俺の担当イラストレーターだった!?
えろまんがせんせい
エロマンガ先生
eromanga
sensei
いもうとあかずのま
伏見つかさ
イラスト◆かんざきひろ
高校生ラノベ作家・和泉マサムネと、
イラストレーターで引きこもりの妹・紗霧が織りなす、
業界ドタバタコメディ!
『俺の妹がこんなに可愛いわけがない』の
コンビが贈る新シリーズ!!
電撃文庫